Le retour d'un duc

Collection : Azur

Titre original :
ROYAL MOM FOR THE DUKE'S DAUGHTER

HARPERCOLLINS FRANCE
83-85, boulevard Vincent-Auriol, 75646 PARIS CEDEX 13
Service Clients — www.harlequin.fr
ISBN 978-2-2805-1309-8 — ISSN 0993-4448

Édité par HarperCollins France.
Composition et mise en pages Nord Compo.
Imprimé en janvier 2025 par CPI Black Print (Barcelone)
en utilisant 100% d'électricité renouvelable.
Dépôt légal : février 2025.

FSC www.fsc.org MIXTE Papier issu de sources responsables FSC® C159065

Pour limiter l'empreinte environnementale de ses livres, HarperCollins France s'engage à n'utiliser que du papier fabriqué à partir de bois provenant de forêts gérées durablement et de manière responsable.

JENNIFER FAYE

Le retour d'un duc

Traduction française de
ELISABETH MARZIN

AZUR

HARLEQUIN

1

Avancer, un jour après l'autre.

C'était le mantra de Rez Baráth, duc de Kaspar, depuis un an. Certains jours étaient moins durs que d'autres. Aujourd'hui, c'était un bon jour. Evi, sa fille de quatorze mois, venait de faire ses premiers pas.

Il avait éprouvé une grande fierté, mais il avait aussitôt pensé à Enora qui n'était plus là pour partager sa joie. Enora dont l'absence était comme une épée plantée dans son cœur. Pourtant, au cours de cette année passée à pleurer sa défunte épouse, il avait commencé à oublier certains détails, comme le son de sa voix. Par moments, il était même obligé de regarder une photo sur son téléphone pour se rappeler le sourire radieux qui faisait pétiller ses yeux. Il était alors assailli de remords. Comment pouvait-il laisser s'estomper de tels souvenirs ?

Un instant d'imprudence de la part d'un inconnu avait suffi à détruire sa famille parfaite. À présent, il devait ramasser les morceaux de leur vie et les rassembler tant bien que mal afin de recréer une famille pour sa fille. Même s'il ne pourrait jamais remplacer sa femme auprès d'Evi. Enora semblait savoir instinctivement ce dont leur fille avait besoin. De son côté, il s'y prenait sûrement très mal, mais il refusait de renoncer. Il devait persévérer, jour après jour, en espérant qu'il ne commettrait pas trop d'erreurs.

Rez était assis par terre dans le bureau inondé de soleil, à côté d'Evi et de ses jouets. Elle venait de ramasser un cube en bois, de le porter à sa bouche puis de le jeter. Apparemment, elle n'aimait pas le goût du bois. Il était inutile de lui dire de ne pas sucer ses jouets. Il pouvait le lui répéter vingt fois, ça n'avait aucun effet. Une inquiétude familière envahit Rez. Sa fille avait besoin d'une mère pour la guider comme il ne saurait jamais le faire. Il faudrait qu'il se remarie, mais il n'était pas prêt pour un tel engagement.

Rez s'était investi pleinement dans sa vie de père en espérant que sa présence serait suffisante pour sa fille. Il avait même pris un congé prolongé. Quand Enora avait commencé à exprimer le souhait de fonder une famille, il n'avait pas été convaincu qu'il voulait devenir père, mais aujourd'hui il ne pouvait pas imaginer sa vie sans Evi.

La sonnerie de son téléphone le fit tressaillir. Après la mort de sa femme, il avait pris ses distances avec toutes ses connaissances, si bien qu'il recevait très peu d'appels. Était-ce sa mère ? Y avait-il un problème ? Il sortit l'appareil de sa poche. La princesse Beatrix ? Quelle raison pouvait-elle avoir de l'appeler ? Mais oui, bien sûr, le mariage de son frère... Il soupira. Comment avait-il pu oublier ? Si sa mémoire était bonne, c'était dans deux semaines. Il était censé suivre ça de plus près, mais quand Istvan lui avait demandé d'être son témoin, il l'avait prévenu qu'en tant que père isolé il n'était pas le meilleur choix. Istvan lui avait assuré qu'il comprenait parfaitement et qu'il voulait juste que son meilleur ami soit à son côté pour ce grand jour. Rez prit l'appel.

— Que puis-je faire pour vous, Votre Altesse Royale ?

— Rez, tu peux m'appeler Beatrix, tu sais.

Cette voix mélodieuse ramena Rez au temps où ils étaient jeunes et insouciants. Cette époque lui manquait... et la princesse aussi, à vrai dire.

— Il y a longtemps que nous ne nous sommes pas parlé. Je ne savais pas si tu apprécierais que je prenne cette liberté. Après tout, je crois me souvenir que tu étais furieuse quand je t'appelais...

— Arrête !

Le ton outré de Beatrix incita Rez à en rajouter.

— Si je comprends bien, tu ne veux pas que je t'appelle Belle-Béate ?

— En effet. Je préfère que nous nous en tenions à Beatrix.

Il réprima une moue de dérision. Beatrix lui paraissait presque aussi inapproprié que Votre Altesse. C'était trop convenable. La Beatrix dont il se souvenait riait beaucoup et elle était rayonnante. Un véritable soleil. C'était la petite sœur de son meilleur ami et elle avait plusieurs années de moins que lui, mais il avait toujours su qu'elle deviendrait une belle femme. Et voilà qu'il se prenait à regretter la jeune fille insouciante de leur enfance, parce qu'il avait bien besoin d'un peu de soleil dans sa vie.

— Ou Bea.

Il y eut un silence. Il l'imagina en train de taper du pied avec une moue boudeuse et il se surprit à sourire. Ce qui ne lui arrivait plus qu'avec sa fille. Elle finit par pousser un soupir exaspéré.

— Disons Beatrix.

Il pouffa. Comme ça faisait du bien de parler avec Belle-Béate ! Il y avait trop longtemps qu'il n'avait pas ri. Quand Enora était morte, sa joie de vivre avait été enterrée avec elle.

— Rez, si je t'appelle, c'est parce qu'il y a un problème avec le mariage.

— Quoi ? s'exclama-t-il, oubliant aussitôt son envie de rire. Que se passe-t-il ?

— Tu es sans doute le seul à Rydiania à ne pas avoir lu le post. Je t'envoie le lien.

Le téléphone de Rez émit un signal. Il le mit sur haut-parleur, puis il cliqua sur le lien.

— *Les Confidences de la Duchesse* ? En effet, je n'ai pas l'habitude de lire les *fake news* publiées par le site people le moins fiable du royaume.

— Cette fois, c'est sérieux. Lis le post.

La future princesse interdite de séjour !

Sous ce titre figurait une photo d'Indigo, la fiancée d'Istvan. Rez plissa le front. Sérieusement ? Indigo avait été accueillie dans la famille royale à bras ouverts !

En tant que spécialiste de la monarchie rydianienne, la Duchesse vous révèle en exclusivité une information de la plus haute importance. D'après une source bien informée, la fiancée du prince Istvan est la fille d'un escroc qui a opéré autrefois au sein du palais. Ce malfaiteur et sa famille ont été bannis de la cour et expulsés du royaume il y a plusieurs années.

Vous vous demandez peut-être comment un tel scandale est possible. Eh bien, vous n'êtes pas les seuls. La Duchesse met tout en œuvre pour obtenir des explications détaillées.

Indigo a-t-elle abusé le séduisant prince ? Ou bien celui-ci espérait-il pouvoir s'afficher avec une fiancée qui ne peut fouler le sol du royaume sans que la spécialiste la plus pointue de la famille royale découvre la vérité ?

Sans doute le prince a-t-il été victime de la duplicité de cette intrigante. S'imaginait-elle qu'utiliser le nom de jeune fille de sa mère suffirait à la mettre à l'abri de tout soupçon ?

Très chers admiratrices et admirateurs de la famille royale, restez attentifs aux confidences de la Duchesse. Elle s'affaire à obtenir des éclaircissements et vous tiendra au courant au fur et à mesure de ses découvertes.

C'était odieux ! Grotesque !

— Le palais devrait porter plainte contre ce site pour diffamation, déclara Rez, outré.

— Je ne sais pas. C'est au roi et à la reine d'en décider. En tout cas, nous avons besoin que tu viennes. Je pense que nous devons tous nous unir pour sauver ce mariage.

Rez réfléchit. Le palais se trouvait à plusieurs heures de route de chez lui. Il ne pourrait pas faire des allers-retours pour passer du temps avec Evi et il devrait donc rester là-bas quelques jours. Mais il n'avait pas quitté sa propriété depuis la mort d'Enora et cette perspective ne l'enchantait pas du tout. Cependant, il avait une énorme dette envers Istvan... Il désactiva le haut-parleur.

— Tu penses vraiment que ma présence peut être utile ?

— Oui. Indigo est anéantie. Istvan et elle ont besoin de soutien. Et tu sais à quel point mes parents détestent le scandale.

Était-il prêt à faire son retour dans la société ? Les paparazzis étaient sans doute déjà amassés devant les grilles du palais. À l'idée d'avoir affaire aux médias, Rez sentit son estomac se nouer. Il n'avait qu'une envie : rester chez lui avec sa fille. Mais c'était oublier que sans Istvan, il n'aurait même pas sa fille auprès de lui. Le prince avait sauvé la vie d'Evi. Et la sienne par ricochet. Parce que s'il était arrivé quelque chose à sa petite chérie... Non, il ne pouvait pas imaginer la vie sans sa fille. C'était déjà assez éprouvant d'avoir perdu sa femme.

Il s'était juré que si, un jour, Istvan avait besoin de lui, il serait là. C'était la moindre des choses. À contrecœur, il déclara :

— Je vais venir, mais je dois amener Evi et sa nurse. Je ne peux pas rester loin de ma fille très longtemps.

— Amène-les, bien sûr.

— Très bien. Je serai là demain.

— Tu ne peux pas venir plus tôt ? demanda Bea d'un ton anxieux.

— Tu veux dire aujourd'hui ?

— Oui, ce serait parfait. Merci, Rez, dit-elle avant de couper la communication.

Rez resta un instant immobile à regarder son téléphone avec incrédulité. Partir pour le palais dès aujourd'hui ? Lui qui ne voyait plus personne depuis un an ? Ça semblait insurmontable, mais il ne pouvait pas faire autrement alors qu'Istvan avait besoin de lui. S'il prenait soin de rester à l'intérieur du palais, à l'abri de la curiosité des médias, ce serait peut-être supportable.

2

Une vive agitation régnait au palais.

Les relations entre les futurs mariés étaient tendues. Beatrix avait l'habitude de jouer les conciliatrices au sein de sa famille, mais pour une fois elle ne savait pas quoi faire. Pour l'instant, elle était la seule demoiselle d'honneur présente à Rydiania. Les deux autres se trouvaient en Grèce, sur une petite île touristique où Indigo travaillait auparavant. Par ailleurs, un des trois témoins du marié était en déplacement à l'étranger jusqu'à la veille du mariage, et un autre se trouvait auprès de sa femme qui s'apprêtait à accoucher. Il ne restait donc plus que Rez et elle pour tenter d'aider Istvan et Indigo. Mais comment ?

Beatrix pensa à sa mère. Depuis toujours, c'était avant tout la reine qui veillait à ce que jamais rien ne puisse nuire au prestige de la Couronne. Pour sa part, elle avait souvent du mal à supporter la façon dont sa mère manipulait les gens et les circonstances pour soigner l'image du palais, mais peut-être qu'en l'occurrence c'était ce genre de manœuvres qui s'imposait. Malheureusement, sa mère n'avait pas encore trouvé de solution pour enrayer la crise en cours.

Indigo venait d'annuler le mariage avant de prendre la fuite, et Istvan s'était lancé à sa poursuite. Pourvu qu'ils se réconcilient… Beatrix descendit le grand escalier en courant pour prévenir la reine du départ des futurs mariés, mais avant qu'elle arrive en bas des marches, Rez pénétra dans le hall. Elle s'immobilisa, le souffle coupé. Au fil des années, Rez était devenu de plus en plus séduisant. Enfant puis adolescente, elle était follement amoureuse de lui. Mais comme il avait cinq ans de plus qu'elle et qu'il était le meilleur ami de son frère, il ne l'avait jamais vue autrement que comme une petite sœur. À partir du moment où il avait annoncé ses fiançailles, elle avait pris ses distances avec lui, de crainte que son frère la taquine à cause de cet amour d'enfance qui n'avait échappé à personne. Quand elle y repensait, elle voulait s'enfouir sous terre…

Rez était grand, encore plus grand qu'Istvan, et apparemment il s'était étoffé depuis la dernière fois qu'elle l'avait vu. Dans ce costume noir qui mettait sa carrure en valeur, il était plus séduisant que jamais. Ses cheveux bruns étaient plus longs qu'à l'ordinaire, mais sans doute n'allait-il plus aussi souvent chez le coiffeur à présent qu'il passait tout son temps cloîtré dans sa propriété. Même si elle mettait un point d'honneur à ne pas se renseigner à son sujet, il était impossible d'ignorer les potins. D'après ce qu'elle avait entendu dire, il ne fréquentait absolument plus personne depuis la mort tragique de sa jeune épouse. Toute sa vie tournait autour de sa fille. Beatrix fut assaillie par une vive compassion. Commencer une vie de famille et se retrouver parent isolé du jour au lendemain… Ça devait être terrible. En fait, elle ne pouvait même pas imaginer ce qu'il avait enduré. Et ce qu'il endurait encore, sans aucun doute.

Leurs regards se rencontrèrent et le cœur de Beatrix fit un bond dans sa poitrine. Elle descendit lentement les dernières marches et se dirigea vers lui en s'interrogeant. Devait-elle l'embrasser sur la joue comme avaient tendance à le faire les vieux amis ? Non. À en juger par son air tendu, mieux valait éviter les familiarités.

— Rez, merci d'être venu, dit-elle d'une voix qu'elle espérait normale.

Il la regarda un moment en silence, puis il déclara :

— Il y a un certain temps que nous ne nous sommes pas vus. Tu es de plus en plus belle.

Le cœur battant, elle sentit ses joues s'enflammer.

— Merci. De ton côté, tu as fière allure. J'aurais juste préféré que tu viennes ici dans d'autres circonstances.

— Moi aussi. J'en déduis que la situation ne s'est pas améliorée.

Elle secoua la tête.

— C'est une catastrophe. Evi est avec toi ?

— La nurse l'a emmenée à l'étage. Tu veux la voir ?

Prise de court, elle répondit :

— Il vaut peut-être mieux la laisser se reposer un peu. Elle doit être fatiguée après le trajet en voiture.

— Pas trop, non. Elle a dormi presque tout le temps. Et elle serait très contente de faire ta connaissance.

Beatrix resta silencieuse. Pourvu qu'il n'insiste pas... Quand il parlait d'Evi, son visage s'éclairait. Constater qu'il avait un lien visiblement très étroit avec sa fille la rendait heureuse pour lui. Cependant, elle n'était pas prête à voir Evi tout de suite. Combien de fois s'était-elle demandé si elle aurait été une bonne mère ? Mais à quoi bon se poser des questions inutiles ? Quand le médecin lui avait annoncé que son endométriose profonde et les interventions qu'elle avait subies lui interdiraient d'avoir des enfants, elle avait été dévastée. Elle avait quand même fait face, et peu à peu elle avait repris le dessus. Elle avait décidé de consacrer sa vie aux autres. En tant que princesse, elle assumait déjà de nombreuses responsabilités qui lui permettaient d'apporter son soutien à ceux qui en avaient besoin, et elle ne manquait pas de projets dans ce domaine.

Par chance, elle n'était pas l'héritière présomptive. C'était son frère, le prince Istvan, qui aurait dû hériter du trône, mais celui-ci avait renoncé à la couronne, et leur sœur Gisella était devenue la princesse héritière. Par conséquent, le fait de ne jamais pouvoir enfanter n'était pas préjudiciable à la royauté. Cependant, revoir Rez réveillait le souvenir de l'époque où elle rêvait d'une vie avec lui. Et avec plein d'enfants qui ressembleraient à leur père. Elle refoula les larmes qui lui piquaient les yeux. C'était un peu comme si elle apprenait pour la deuxième fois qu'elle ne pourrait jamais avoir d'enfants.

— Viens, dit Rez en lui faisant signe de le suivre. Je vais te présenter à Evi.

Elle resta immobile, le cœur serré. Non, elle n'était pas prête. Il s'immobilisa au pied de l'escalier et se retourna en arquant les sourcils. Mais avant qu'il ait le temps de parler, un des valets de la reine, vêtu de son costume noir et pourpre, apparut dans le hall. Il s'inclina devant Beatrix.

— Votre Altesse Royale, la reine vous attend dans son bureau.

Il se tourna vers Rez et ajouta :

— Elle demande que vous veniez également.

Beatrix réprima un soupir de soulagement. Pendant combien de temps parviendrait-elle à trouver des excuses pour ne pas voir Evi sans blesser Rez ? Elle n'était pas prête. Ce serait un rappel trop cruel de ce qu'elle ne vivrait jamais. Elle risquait de ne pas réussir à dissimuler sa détresse et il la presserait de questions jusqu'à ce qu'elle finisse par lui révéler la vérité. Or elle n'était pas prête à ça non plus.

3

— Merci d'être venu, dit la reine en s'asseyant derrière son imposant bureau de chêne.

Beatrix eut un pincement au cœur. Le visage de sa mère était marqué par le stress, alors que d'ordinaire elle affrontait les problèmes sans jamais se laisser démonter. Il était vrai que les crises s'étaient succédé au palais ces derniers temps. Ce tout dernier scandale mettait les nerfs de tout le monde à rude épreuve. Avait-elle eu raison de demander à Rez de venir ? Elle n'avait pas vraiment réfléchi avant de lancer son invitation. Elle aurait dû se douter qu'il voudrait amener sa fille. Elle n'avait pas mesuré l'effet que pourrait lui faire la présence d'un bébé au palais. Contrairement à ce qu'elle croyait, elle n'avait peut-être pas encore tout à fait accepté le diagnostic.

Elle entendit la porte du bureau s'ouvrir derrière elle et elle vit entrer sa sœur Gisella, suivie du roi. Une fois la porte refermée, la reine lui demanda :

— Tu as des nouvelles ?

— Oui.

Elle expliqua qu'Indigo avait quitté précipitamment le palais après avoir annoncé qu'elle renonçait au mariage. Et qu'Istvan s'était lancé à sa poursuite, déterminé à la faire changer d'avis.

— Pour les aider, il faudrait connaître la réalité des faits.

Le roi rejoignit la reine derrière le bureau et resta debout à côté d'elle.

— C'est une histoire que nous espérions pouvoir garder secrète parce qu'elle est très douloureuse pour Indigo.

— Mais à présent, c'est impossible, dit la reine. Les médias ne tarderont plus à découvrir tous les détails et ils se feront un plaisir de les publier. Si Istvan était tombé amoureux de quelqu'un d'autre, la page la plus douloureuse de l'histoire de notre famille n'aurait pas à être rouverte.

— C'est en relation avec l'oncle Georgios ? demanda Beatrix.

Le roi hocha la tête.

— Le père d'Indigo était le secrétaire du roi Georgios et, comme tous les membres de son personnel informés des affaires du royaume, il est parti lorsque ton oncle Georgios a quitté Rydiania après avoir abdiqué. Mais cela n'avait rien à voir avec les rumeurs d'escroquerie qui le visaient. À ce sujet, rien n'a jamais été prouvé.

— Le personnel aussi s'est trouvé exilé ? s'exclama Beatrix.

Elle était très jeune à l'époque et n'avait aucun souvenir de ce qui s'était passé.

— Il le fallait, dit la reine. Toutes les précautions devaient être prises pour assurer l'avenir de la couronne. Nous devions empêcher que des gens puissants restés fidèles à Georgios puissent utiliser des informations détenues par son personnel pour comploter. Ton père n'a pas choisi de monter sur le trône mais, puisque les circonstances l'y obligeaient, il se devait de préserver le royaume du chaos.

— Cependant, Indigo et sa mère n'étaient pas concernées, intervint le roi. Elles n'ont jamais été bannies de Rydiania.

À présent, il faut espérer qu'Istvan réussira à convaincre Indigo de revenir.

— En attendant, nous devons empêcher les paparazzis de découvrir qu'elle a annulé le mariage et quitté le pays, déclara Beatrix.

— Je suis d'accord, approuva la reine.

— Avec un peu de chance, Istvan va réussir à la convaincre rapidement, intervint Gisella.

Beatrix eut une moue dubitative.

— Je le souhaite, mais vous n'avez pas vu Indigo quand elle a quitté le palais. Je ne pense pas qu'elle reviendra de sitôt.

Après un silence, la reine déclara :

— Il faut trouver un moyen de détourner l'attention des médias. Une histoire qui piquerait leur curiosité.

Pendant que tout le monde réfléchissait, Beatrix observa Rez du coin de l'œil. Il n'avait pas prononcé un seul mot et son visage impassible ne laissait rien deviner de ses pensées. Il avait déjà cette attitude quand ils étaient jeunes et qu'il feignait l'innocence après avoir fait une farce. Mais aujourd'hui, quelque chose avait changé en lui. Cette souffrance qui se reflétait dans ses yeux quand il pensait que personne ne le regardait. Il avait perdu sa femme depuis un an mais sa douleur était toujours perceptible. Si seulement elle pouvait faire quelque chose pour le réconforter… Il tourna la tête et leurs regards se rencontrèrent. Elle sentit ses joues s'enflammer, tandis que son cœur battait à grands coups. Ils se fixèrent pendant quelques secondes, puis il esquissa un sourire. Se moquait-il d'elle ? Elle détourna les yeux. Pourquoi était-elle aussi troublée ? Il y avait des années qu'elle s'était remise de cet amour d'enfance.

— Pour commencer, nous allons faire comme si Istvan et Indigo étaient toujours au palais, en train de régler les derniers préparatifs de leur mariage, déclara le roi. Il faut à tout prix éviter que la nouvelle de leur départ fuite dans la presse.

— Et pour que les médias les oublient, pourquoi ne mettrions-nous pas en scène une autre histoire d'amour ? suggéra la reine.

Tout le monde la regarda d'un air interloqué. Puis il y eut des haussements d'épaules.

— Ne comptez pas sur moi, prévint Gisella. J'ai déjà assez de pain sur la planche avec mon couronnement imminent.

— Bien sûr, ma chérie. Nous ne voulons pas que notre future reine soit impliquée dans une relation simulée.

Tous les regards se tournèrent vers Beatrix. Elle se raidit. *Oh ! non... Non, non, non.* Ils ne s'imaginaient tout de même pas qu'elle allait faire semblant de vivre une histoire d'amour ? Qui allait croire ça ? Tout le monde savait qu'elle n'avait pas eu un seul petit ami au cours de l'année. Et elle ne souhaitait pas que ça change.

Depuis que le dernier homme qu'elle avait fréquenté l'avait demandée en mariage, elle avait pris conscience que nouer des liens aussi étroits était une erreur. Elle n'était pas prête à se marier. Sans compter qu'avant cela, elle devrait révéler à son futur époux qu'elle ne pourrait jamais fonder une famille. Quand elle lui avait demandé du temps pour réfléchir, son ex l'avait très mal pris. Avant qu'elle ait pu lui expliquer sa situation, il l'avait accusée d'être inconstante et de ne pas savoir ce qu'elle voulait. Après sa tirade, elle avait rompu. Depuis, elle hésitait à entamer une nouvelle relation.

Entre ses obligations officielles et ses projets en cours d'élaboration, elle avait une vie bien remplie. Quant à son temps libre, elle le passait sur le terrain de golf. Elle aimait ce sport, le grand air et la compétition. Avait-elle vraiment besoin d'autre chose ? Elle n'hésitait jamais à répondre présente quand sa famille avait besoin d'aide. Après tout, elle avait le sens du devoir. Mais ce que sa mère suggérait allait tout de même un peu trop loin. Elle déglutit péniblement.

— Personne n'y croira. Il est de notoriété publique que j'ai décidé de faire une pause dans ce domaine.

— Ça éveillera d'autant plus l'intérêt des paparazzis, plaida la reine.

— Je ne crois pas. Il doit y avoir un autre moyen.

Ignorant cette objection, la reine poursuivit.

— Il faut juste trouver quelqu'un pour jouer l'objet aimé.

Beatrix réprima un soupir de frustration. Quoi qu'elle dise, sa mère ne l'écouterait pas ! Elle avait déjà décidé de mettre son plan en action. C'était pourtant une très mauvaise idée… En voyant toute sa famille se tourner vers Rez, Beatrix ouvrit de grands yeux effarés. Pas lui. Surtout pas lui ! Son cœur se mit à tambouriner dans sa poitrine et sa respiration devint difficile. Baissant les yeux, elle fixa le sol. Pourvu que personne ne s'aperçoive qu'elle était au bord de l'attaque de panique ! Les joues en feu, elle évitait de regarder dans la direction de Rez tout en s'efforçant de reprendre le contrôle de son souffle. De toute façon, Rez n'accepterait jamais de jouer ce genre de comédie. Cette pensée la réconforta un peu et son rythme cardiaque commença à ralentir. Après tout, il était toujours en deuil de sa femme.

— Qu'en dis-tu, Rez ? demanda le roi.

C'était injuste ! Qui pouvait refuser d'accéder à une demande directe du roi ? Beatrix serra les dents, tandis qu'un silence embarrassé régnait dans la pièce.

— Sommes-nous sûrs que c'est la direction que nous souhaitons prendre ? finit par demander Rez d'un ton circonspect.

Le roi arqua les sourcils.

— Tu as une meilleure idée ?

Après un nouveau silence, Rez répliqua :

— Non, Majesté, je crains juste que les journalistes ne soient pas dupes de cette comédie.

— Je pense au contraire qu'ils trouveront cela crédible. Tout le monde sait que vous êtes des amis d'enfance, et à mon avis le public sera enchanté à l'idée de vous voir en couple.

— Penses-tu pouvoir faire ça pour aider le prince ? demanda la reine en plongeant son regard dans celui de Rez.

Il y eut un silence. Beatrix leva les yeux. Pourquoi Rez ne rejetait-il pas cette suggestion ridicule ? Qu'attendait-il ?

— Oui, Majesté.

Non, non, non ! Beatrix eut toutes les peines du monde à réprimer un gémissement de dépit.

— Bien. À présent que c'est réglé, mes collaborateurs vont programmer une série d'apparitions publiques pour Rez et Beatrix, annonça la reine.

Alors que celle-ci s'apprêtait à exprimer son désaccord, sa mère s'empressa d'ajouter :

— Le prince Istvan vous en sera très reconnaissant.

Beatrix hésita. Et si, pour la première fois depuis qu'elle était adulte, elle refusait d'accéder à une demande directe de la reine ? Non... Le protocole l'interdisait et le roi lui ordonnerait aussitôt d'accomplir son devoir. Et puis si elle se rebellait, sa mère risquait de vouloir superviser personnellement la mise en scène de cette comédie. Alors que si elle restait docile, Rez et elle auraient plus de liberté pour jouer leurs rôles comme ils l'entendaient.

À cet instant, la secrétaire de la reine fut autorisée à entrer dans le bureau. Elle murmura quelques mots à l'oreille de la souveraine, qui déclara :

— Excusez-moi, une autre affaire m'appelle.

Le roi et la reine quittèrent le bureau. Devant le sourire malicieux de sa sœur, Beatrix réprima un gémissement.

— Gisella, tu veux bien nous excuser ?

— Si vous avez besoin de moi, n'hésitez pas à me prévenir, les tourtereaux, répliqua sa sœur avant de quitter la pièce en riant.

Une fois la porte refermée derrière elle, Beatrix se tourna vers Rez.

— Pourquoi veux-tu jouer cette comédie ?

— Je ne me souviens pas avoir dit que je voulais le faire. Pourquoi n'as-tu pas dit non à ta mère ?

— Parce qu'il faut respecter le protocole. On ne répond pas non à une demande directe de la reine.

Rez arqua un sourcil incrédule.

— Depuis quand respectes-tu le protocole ?

— Que veux-tu dire ?

— Je me souviens qu'autrefois, tu disais franchement ce que tu pensais, protocole ou pas.

En effet, par le passé, Rez avait souvent eu l'occasion de la voir intervenir dans des discussions familiales sans mâcher ses mots, se rappela-t-elle. Mais ce dont il n'avait pas conscience, c'était qu'elle le faisait uniquement pour désamorcer les conflits au sein de sa famille. Elle n'aimait pas voir les gens qu'elle aimait se quereller. Ce qui arrivait sans arrêt à ses deux sœurs quand elles étaient plus jeunes. Parce que Gisella avait l'habitude de suivre les règles et Cecelia, de les transgresser...

— Ça remonte à très loin. Au cas où tu ne l'aurais pas remarqué, je ne suis plus une enfant.

— Je l'ai remarqué.

Elle considéra Rez avec perplexité. Était-ce un effet de son imagination ou bien y avait-il réellement une lueur étrange dans ses yeux ?

4

Il n'arrivait pas à y croire !

Rez était furieux. Comment avait-il pu se laisser manipuler par la reine ? À présent, il allait être obligé de s'afficher en public avec Bea en feignant d'avoir une relation avec elle. C'était la dernière chose dont il avait envie. Il n'aurait jamais dû quitter sa propriété. Il passa nerveusement les doigts dans ses cheveux.

— Tu as raison. Je n'aurais pas dû accepter. Je vais partir.

— Où ça ?

— Chez moi. Je ne suis pas la bonne personne pour ce plan.

Alors qu'il se dirigeait vers la sortie, Beatrix passa devant lui et s'immobilisa dos à la porte, les mains sur les hanches. Il déglutit péniblement. Non, la petite sœur de son meilleur ami n'était plus une enfant. Ses rondeurs féminines ne laissaient aucun doute à ce sujet.

— Tu ne peux pas t'en aller maintenant, déclara-t-elle d'un ton catégorique.

— Bien sûr que si.

— Tu as dit à la reine que tu étais d'accord pour participer à son plan.

— Non. Je lui ai dit que je pensais pouvoir le faire, nuance.

Devant la mine inquiète de Beatrix, Rez ajouta :

— Ne t'inquiète pas. Je suis sûr qu'il y a des tas d'hommes qui seraient ravis de jouer le rôle de ton petit ami.

— Mais on ne peut pas demander ça à n'importe qui. Il faut que ce soit un homme très attaché à Istvan et à Indigo. Un homme motivé, prêt à faire des efforts pour sauver leur bonheur.

— Je comprends, mais ça ne peut pas être moi. Je suis désolé.

Sur le visage de Beatrix, la déception laissa très vite place à la compassion.

— Je comprends aussi, dit-elle en s'écartant pour le laisser passer. Je veux tellement les aider que je n'ai pas pensé à toi. Ce serait beaucoup trop dur pour toi.

Il sentit sa gorge se nouer. Il ne supportait pas sa pitié.

— Ce n'est pas ça. Je vais bien.

Elle arqua les sourcils.

— Je ne pense pas, non.

— Je te dis que si, insista-t-il, avec plus de vigueur qu'il ne l'aurait voulu. Quand j'ai accepté de venir, je pensais juste apporter mon soutien à un ami. Je ne m'attendais pas à... tout ça.

— Que puis-je te dire ? La reine a tendance à prendre les choses en main, et ses solutions sont parfois assez alambiquées.

Il se mit à arpenter la pièce.

— Il doit bien y en avoir une autre.

Beatrix réprima un soupir. Cette solution ne lui plaisait pas plus qu'à Rez, mais il fallait reconnaître que sa mère avait raison sur un point. Toute information concernant la famille royale était du plus grand intérêt pour les médias et le public. La révélation d'une idylle secrète ne manquerait pas de faire sensation et de détourner l'attention des médias des problèmes d'Istvan et d'Indigo. Et si… ?

— J'ai une idée.

Rez se tourna vers elle, le front plissé.

— Va-t-elle me plaire ?

— Je ne pense pas, mais au moins elle est meilleure que ce que ma mère a proposé. Allons dans le parc, l'atmosphère est lugubre ici.

Après une hésitation, Rez hocha la tête. Elle passa devant lui et entendit ses pas derrière elle quand elle franchit la porte-fenêtre, puis elle traversa la terrasse et descendit les marches qui conduisaient au parc.

— Où allons-nous ? demanda-t-il en la rejoignant.

— Faire un tour dans le parc. Il fait beau et je me dis que le soleil te déridera peut-être.

— Je n'ai pas besoin d'être déridé. Et je n'ai pas le temps de me promener. J'ai des choses à faire et Evi a besoin de moi.

De toute évidence, il cherchait des excuses pour s'en aller. Il fallait l'en empêcher. Elle avait beau détester l'idée de sa mère, c'était le seul stratagème qui avait une chance de distraire les paparazzis. Elle recommença à marcher. Soit il la suivait, soit il faisait demi-tour.

— Tu veux bien t'arrêter ? Dis-moi juste quelle est ton idée.

Elle ignora ses protestations et, à son grand soulagement, elle entendit ses pas derrière elle. Elle continua de marcher jusqu'à ce que le palais soit hors de vue.

— Vas-tu enfin me dire quel est ton plan ? demanda Rez. Nous permettra-t-il d'éviter de feindre une relation ?

— Pas exactement. Si nous nous contentons de feindre une relation, ça fera la une pendant une journée et ça s'arrêtera là.

— Que suggères-tu ?

— Que nous jouions au chat et à la souris avec les paparazzis.

— Je ne comprends pas.

— Au lieu de nous afficher ensemble, nous donnerons des signaux épisodiques. Un regard appuyé par-ci. Un geste furtif par-là. Juste assez d'ambiguïté pour éveiller la curiosité. Si les paparazzis cherchent à en savoir davantage, ils ne remarqueront pas qu'Istvan et Indigo ne sont pas là.

Rez ne semblait pas convaincu. Beatrix réprima un soupir. Il semblait même sur le point de prendre ses jambes à son cou. Comment le convaincre que cette idée pouvait marcher ? Il n'avait pas échappé aux médias qu'elle était célibataire depuis un moment et quelqu'un les avait informés qu'elle avait décidé d'ignorer les hommes pendant un an. Par conséquent, si elle paraissait revenir sur sa décision au bout de seulement dix mois, ils ne manqueraient pas de le remarquer. Et même si cette idée était odieuse, l'entrée en scène d'un veuf – et père d'une petite fille – accroîtrait l'intérêt du public. D'autant plus que le mariage de Rez avait brisé de nombreux cœurs. Tous les sites people allaient s'en donner à cœur joie, surtout *Les Confidences de la Duchesse*.

Que faisait-il encore ici ?

Il aurait dû retourner chez lui dès qu'il avait appris qu'Istvan était parti à la poursuite d'Indigo. Pourquoi était-il resté ? La réponse s'imposa aussitôt à Rez. Bea.

Dès qu'il l'avait vue, il avait eu envie de discuter avec elle pour savoir ce qu'elle devenait. Après son mariage, il avait perdu le contact avec la plupart des gens de la cour. Comme s'il était devenu quelqu'un d'autre. Un mari et un père. Il s'était installé dans sa nouvelle vie comme si elle devait durer éternellement, persuadé qu'il finirait ses jours avec Enora…

Bea avait été une enfant très mignonne. Il se souvenait

d'avoir souvent tiré sur ses nattes pour s'amuser, et la joie innocente qui éclairait alors son visage la rendait encore plus adorable. Mais aujourd'hui elle était devenue une femme superbe. Il avait l'impression que ses grands yeux bleus pouvaient voir au plus profond de son âme et il ne pouvait s'empêcher d'être troublé par ses rondeurs féminines. C'était très fâcheux. Il ne voulait pas être attiré par elle alors qu'il pleurait encore Enora. C'était indigne. Il fallait qu'il rentre chez lui. Feindre d'avoir une relation amoureuse avec Bea serait trop risqué. Un geste malencontreux et ils s'embraseraient aussitôt l'un et l'autre. Il ne pouvait pas se le permettre. Il ne méritait pas d'être de nouveau heureux. C'était sa faute si Evi avait perdu sa mère. Si seulement il avait pu remonter le temps... Il en rêvait chaque nuit. D'avoir juste une chance de changer le passé.

D'un autre côté, il n'avait pas le droit de se dérober. Il était redevable à Istvan. Si cette comédie pouvait aider son ami, il devait la jouer. Que ça lui plaise ou non.

— Que suggères-tu exactement ? demanda-t-il.

— Que nous commencions par apparaître dans les mêmes endroits.

— Ensemble ?

— Tu ne m'as pas écoutée ? Il faut que nous fassions semblant de nous cacher.

Il passa nerveusement la main dans ses cheveux.

— Et quand veux-tu commencer ?

— Tout de suite.

— Tout de suite ?

— Je ne crois pas qu'un événement soit prévu pour ce soir, mais demain il y a un match de polo. Je peux m'y rendre avec des amies. Et toi, tu as quelqu'un avec qui tu pourrais y aller ?

Le croyait-elle vraiment pitoyable au point de ne pas avoir

d'amis ? Il vivait peut-être cloîtré dans sa propriété depuis la mort de sa femme, mais il en avait encore. Même s'il ne leur avait pas parlé depuis longtemps.

— Bien sûr.

Il pourrait appeler des amis communs à Istvan et à lui… Non, il avait une meilleure idée.

— Et si je jouais ?

— Au polo ?

— Oui.

Il n'avait pas joué depuis un an, mais son équipe lui avait dit qu'il pourrait revenir dès qu'il se sentirait prêt. Oui, plus il y pensait, plus il avait envie de reprendre le polo…

— D'accord. Ton retour dans la société fera encore plus sensation. Et je vais prévoir d'autres sorties pour les jours suivants. Mais pour commencer, une source anonyme va informer *Les Confidences de la Duchesse* que tu as repris une vie sociale.

Il eut un pincement au cœur. Impossible de ne pas culpabiliser à l'idée de recommencer une vie normale alors que celle de sa femme avait été interrompue prématurément…

— Et ensuite ?

— Nous nous montrerons l'un et l'autre au match de polo. Et nous nous arrangerons pour nous rencontrer et échanger quelques mots.

— C'est tout ? Ça ne semble pas digne de faire les gros titres.

— Nous pourrions nous serrer dans les bras l'un de l'autre. Ça te paraît mieux ?

Avec toutes ces courbes délicieuses, ça s'annonçait bien pire, au contraire. Parce que plus il restait à côté d'elle, moins il avait les idées claires… Il déglutit péniblement.

— Pourquoi pas…

— Il ne faut pas trop en faire, sinon l'intérêt des médias

ne durera pas. N'oublie pas qu'il faut les tenir en haleine pour qu'ils oublient Istvan et Indigo.

— Tu n'en as jamais assez des paparazzis ?

— Bien sûr que si. Mais cette fois, ils vont nous servir. Après avoir échangé quelques mots, nous partirons chacun de notre côté.

— C'est tout ?

Il devrait y arriver. Ça ne semblait pas si terrible.

— Oui. En tout cas pour demain. Je vais regarder quels événements sont prévus pour le jour suivant.

— Il faudra faire ça tous les jours ?

— Oui, jusqu'au retour d'Istvan et d'Indigo. Maintenant, rentrons. Nous avons des rendez-vous à organiser.

Bea reprit le chemin du palais mais il ne la suivit pas. Elle s'arrêta et se retourna.

— Tu ne viens pas ?

— Dans un moment. Ne m'attends pas.

Elle hocha la tête et s'éloigna. Il avait besoin de quelques instants pour rassembler ses idées. Il était venu ici dans l'intention de soutenir moralement son plus vieil ami. En réalité, celui-ci était parti à la poursuite de sa fiancée, si bien qu'il se retrouvait avec sa petite sœur. Petite sœur qui avait été follement amoureuse de lui quand ils étaient jeunes. Istvan l'avait mis en garde avec insistance : pas question de toucher à sa sœur. Ce qu'il ne se serait jamais permis de toute façon, parce qu'elle avait plusieurs années de moins que lui.

Mais aujourd'hui la différence d'âge ne posait plus de problème. Et la jeune Bea toute mignonne était devenue une femme extrêmement séduisante. Il n'avait aucune envie de s'engager dans une relation. Loin de là. Mais ça n'atténuait pas son envie de la prendre dans ses bras.

5

Le rideau allait bientôt se lever sur le premier acte de la comédie princière.

Avec la bénédiction du roi et de la reine... Beatrix ne pouvait s'empêcher d'être surprise. Jamais elle n'aurait imaginé que sa mère pourrait proposer un plan aussi extravagant. Bien sûr, la reine pouvait se montrer retorse si nécessaire, mais il n'était pas dans ses habitudes d'utiliser ses enfants pour créer des leurres destinés à attirer les paparazzis. Cela suggérait que ses parents étaient très inquiets pour l'avenir d'Istvan et de la famille royale dans son ensemble.

Les répercussions des scandales se faisaient sentir pendant des décennies et parfois même des siècles. Ses parents subissaient encore aujourd'hui celles de l'abdication de son oncle. Depuis ce jour marquant, la famille royale était soumise à une surveillance constante de la part des médias. Heureusement, son père et sa mère étaient des souverains-nés, très appréciés des Rydianiens. Cependant, tout le monde savait que l'opinion publique était versatile.

Le règne de ses parents avait bénéficié de commentaires positifs dans les médias jusqu'à ce que les médecins diagnostiquent la maladie de Parkinson de son père. Le moment était venu pour lui de ralentir le rythme et de prendre soin de sa santé. C'était la première nouvelle qui avait ébranlé le royaume depuis l'abdication de son frère Georgios. Istvan, l'héritier du trône, était populaire et tout le monde s'attendait à ce qu'il prenne la succession de son père. Cependant, il avait ses propres centres d'intérêt, dont une fondation pour le soutien aux enfants malades et leurs familles. Or, selon la Charte de Rydiania, cet engagement était incompatible avec l'accession au trône. Et de toute façon, il avait renoncé à la couronne pour pouvoir épouser la femme qu'il aimait. Du moins si le mariage était célébré.

Beatrix avait envie de téléphoner à son frère pour avoir des nouvelles, mais ce n'était pas le moment. Elle venait d'arriver au match de polo avec Jolan et Mari, ses amies les plus proches, qu'elle connaissait depuis l'enfance. Tandis qu'elles gagnaient leurs places, elle se concentra sur ce qu'elle était censée faire au cours de cette journée. Comme le lui avait rappelé sa mère au petit déjeuner, elle ne se rendait pas à ce match pour le plaisir. L'objectif était de rencontrer Rez « par hasard ». La présence de ce dernier au palais ne serait pas divulguée avant plusieurs jours, afin que ses premières apparitions en public depuis un an suscitent le plus de curiosité possible. Il fallait juste espérer que cette comédie n'allait pas ranimer les sentiments qu'elle éprouvait pour lui autrefois...

— Pourquoi es-tu aussi silencieuse ? demanda Mari.

— Oui, tu ne sembles pas ravie d'être là, renchérit Jolan. Si tu veux, nous pouvons t'arranger une rencontre avec quelqu'un. Nous savons que tu as besoin d'aide dans ce domaine.

Mari et Jolan pouffèrent en chœur.

— Vous n'êtes pas drôles, protesta Beatrix.

— Oh ! ne fais pas cette tête, répliqua Jolan. Tu sais parfaitement que si tu voulais, tu n'aurais que l'embarras du choix.

— Le problème, c'est qu'elle ne veut pas, déclara Mari. Elle en est au… dixième mois de sa pause d'un an sans hommes, c'est ça ?

— Oui, confirma Beatrix. Et ça me plaît tellement que cette pause pourrait bien se prolonger un an de plus.

— Un an de plus ? s'exclamèrent ses amies d'une même voix.

— Je ne vois pas pourquoi cette pause inquiète tout le monde à ce point. Ce n'est pas comme si j'avais l'intention de me marier… En tout cas, ce n'est pas au programme dans l'immédiat.

Jolan soupira.

— Tu sais bien que tout ce qui concerne ta famille fait la une des médias.

— Comment pourrais-je l'oublier ? marmonna Beatrix. Mais assez parlé de moi.

C'était une belle journée ensoleillée, ce qui tombait bien parce que pour ce genre d'événement, les femmes étaient censées porter un chapeau. Celui de Beatrix, à large bord et orné d'un ruban, était assorti à son haut blanc et à sa jupe jaune.

— Oh ! regarde, ce n'est pas Vera et Niki, là-bas ? demanda Mari en indiquant un petit groupe.

— Si, acquiesça Jolan. J'ai essayé de joindre Niki toute la semaine. Allons leur parler.

— Allez-y toutes les deux, je vous rejoins plus tard, déclara Beatrix.

Elle était trop nerveuse pour parler à qui que ce soit. Et si elle était nulle pour feindre la surprise ? Si personne ne la remarquait en compagnie de Rez ? Ils avaient prévu de se rencontrer à proximité de la presse, mais on ne savait jamais… Tout avait été planifié avec soin. Un membre du personnel du palais avait même été chargé de passer un coup de fil anonyme pour prévenir les médias que Rez participerait au match. À présent qu'il était veuf et qu'un an s'était écoulé depuis la mort de sa femme, il était de nouveau l'un des plus beaux partis d'Europe. Quel effet cela lui faisait-il ?

Elle se dirigea vers le bord du terrain, où les joueurs et leurs montures s'échauffaient avant le début du match. Elle chercha Rez des yeux et finit par le repérer. Il portait le numéro trois. Comme s'il l'avait vue au même instant, il se dirigea vers elle et descendit de cheval. Elle lui adressa un large sourire, qu'il ne lui rendit pas. En fait, il semblait très stressé. Elle allait devoir faire beaucoup d'efforts pour que cette rencontre ressemble à des retrouvailles joyeuses...

— Rez, quel plaisir de te revoir !

Il resta raide, le visage fermé. Ce n'était pas bon... pas bon du tout. Elle s'approcha de lui avec l'intention d'effleurer sa joue en le serrant brièvement dans ses bras. À sa grande surprise, il referma les bras sur elle et la pressa contre lui. Le cœur battant à tout rompre, elle oublia que c'était une comédie et qu'ils étaient en public. Une seule pensée occupait son esprit. Comme c'était bon d'être dans ses bras ! Elle pourrait très facilement en prendre l'habitude. Si seulement il pouvait redevenir le Rez prévenant et plein d'humour qu'elle avait connu autrefois... Reverrait-elle un jour cette version de lui ?

— Je ne sais pas ce que je suis censé faire, murmura-t-il à son oreille.

Elle huma son parfum épicé. Il sentait bon... Trop bon, peut-être.

— Il faudrait que tu me lâches.

— Oh ! bien sûr, dit-il en desserrant son étreinte.

Elle s'écarta de lui à regret, mais elle nota du coin de l'œil que plusieurs regards étaient tournés vers eux et qu'un journaliste venait de les prendre en photo. Mission accomplie.

Elle aurait dû être satisfaite que tout se passe comme prévu, mais Rez l'inquiétait. Pour lui, cette comédie était beaucoup plus pénible qu'elle ne l'avait imaginé. Cependant, il était trop tard pour faire marche arrière. Il fallait qu'elle trouve un moyen de l'aider.

— Je suis très heureuse de te voir, dit-elle en plongeant le regard dans le sien.

— Tu savais que je serais ici, murmura-t-il.

Elle s'esclaffa, comme s'il venait de dire quelque chose de très drôle. Comme il était nerveux !

— Rez, tu oublies que nous jouons la comédie. S'il te plaît, souris et fais comme si tu étais heureux de me voir.

Il esquissa un pâle sourire.

— Bien, ce n'est pas si difficile, non ?

Le sourire de Rez s'élargit et elle sentit les battements de son cœur s'accélérer. Cette situation ne serait peut-être pas être aussi stressante qu'elle l'avait imaginé. Rez allait peut-être prendre conscience qu'ils pouvaient passer des moments agréables ensemble malgré les circonstances. Tout à coup, elle se rendit compte qu'il regardait par-dessus son épaule. Si ce n'était pas à elle qu'il souriait, à qui était-ce ? Elle se retourna. Non, pas de jeune femme séduisante… Il n'y avait personne derrière elle. Elle promena son regard un peu plus loin et aperçut une voiture d'enfant rose.

— Evi est ici ?

— Oui. Certains membres de l'équipe ont insisté pour que je l'amène. Et sa nurse avait très envie de prendre le soleil. Viens la voir. Hier tu n'as pas eu l'occasion de faire sa connaissance.

Elle déglutit péniblement. Était-elle prête à cette rencontre ? Rez la regardait d'un air perplexe. Il fallait qu'elle dise quelque chose… mais quoi ? Était-elle prête à prendre son bébé dans ses bras ? Et si elle n'en était pas capable, comment le lui expliquer ?

— Bea ?

Les mains moites et l'estomac noué, elle était au supplice. Non, elle n'était pas prête. Pas encore. Elle scruta les alentours. Si seulement elle pouvait trouver une bonne excuse pour ne pas aller voir la fille de Rez… Elle aperçut ses deux amies au loin, qui venaient dans sa direction.

— Peut-être plus tard, dit-elle. J'ai promis à Jolan et à Mari de les rejoindre.

Rez se rembrunit tandis que les deux jeunes femmes se précipitaient vers Bea. Sans un mot, il remonta à cheval et s'éloigna avant leur arrivée. Inspirant profondément, Beatrix se prépara à une salve de questions malicieuses. Quand elles étaient à l'école ensemble, ses amies savaient qu'elle était amoureuse de Rez et plaisantaient sans arrêt à ce sujet.

— De quoi parliez-vous, Rez et toi ? demanda Mari, les yeux brillants.

— Que fait-il ici ? renchérit Jolan. Je croyais qu'il ne sortait plus du tout depuis la mort de sa femme.

Beatrix resta silencieuse tandis qu'elles gagnaient leurs sièges. Elle ne voulait pas manquer ce match. Elle était ici pour encourager Rez. Et elle espérait de tout son cœur qu'il allait se détendre et passer un bon moment.

— Beatrix, dis quelque chose ! s'exclama Mari.

— Oui, c'est la première fois que Rez apparaît en public depuis la mort de sa femme.

— Et il t'a serrée dans ses bras. Quelle chance tu as ! ajouta Jolan avec un grand sourire.

Beatrix eut une moue réprobatrice.

— Jolan, du calme. C'est difficile pour lui. Il doit retrouver ses marques.

— Je suis désolée. J'espère que tout va bien se passer.

Beatrix soupira. Elle l'espérait aussi... Elle s'assit en bout de rangée. Elle était censée circuler parmi les gens pour démentir certaines des rumeurs qui couraient à propos d'Indigo, mais à présent qu'elle était sur place, ça paraissait plus difficile que prévu. Le stress de Rez l'inquiétait. Il était important qu'il joue bien, mais était-ce possible après être resté loin des terrains pendant si longtemps ? Elle saisit toutes les occasions de l'encourager avec feu et, à son grand soulagement, elle eut le sentiment qu'il jouait bien. Son équipe marqua dans la première période, aussi appelée chukka. Plus il jouait, plus il semblait prendre de l'assurance.

Et elle n'était pas la seule à l'applaudir, constata-t-elle en promenant le regard alentour. Tant mieux. C'était réconfortant de voir que beaucoup de gens l'appréciaient. Il avait besoin d'être soutenu pour son retour dans la société. Son équipe gagna le match et elle retourna au bord du terrain dans l'intention de le féliciter, mais il ne s'approcha pas d'elle. Lui en voulait-il ? Pourvu que non...

Il n'avait aucune envie de continuer cette comédie.

Rez quitta le terrain de polo un peu plus tard dans l'après-midi en vérifiant constamment dans le rétroviseur qu'il n'était pas suivi. Un motard resta derrière lui pendant plusieurs kilomètres, si bien qu'il tourna au hasard au premier embranchement. À sa grande inquiétude, le motard prit la même direction. Allait-il subir ce genre de désagrément à chaque sortie ? Après avoir bifurqué une seconde fois, il fut débarrassé du motard. Mais celui-ci le suivait-il vraiment ? Il ralentit et ses pensées se tournèrent vers Bea. Pourquoi semblait-elle réticente à rencontrer Evi ? La première fois, il venait d'arriver et ils avaient été aussitôt convoqués par la reine. Soit. Mais aujourd'hui, quand il lui avait proposé d'aller la voir dans sa poussette, il avait cru lire de l'inquiétude dans son regard. De la peur, même. Pourquoi Bea craindrait-elle de faire la connaissance de sa fille ? Ça n'avait aucun sens. Il tourna brusquement à gauche. Perdu dans ses pensées, il avait failli manquer la voie dépourvue de signalisation qui conduisait à l'entrée de service du palais. Bea lui avait conseillé de l'emprunter parce que la presse n'y avait pas accès.

Après s'être arrêté à la grille pour présenter son badge officiel, il se gara et se précipita dans le palais. Il monta l'escalier quatre à quatre et entra dans la nurserie, située entre sa suite et la chambre de la nurse. Dès qu'elle le vit, Evi lâcha l'ours en peluche avec lequel elle jouait et le rejoignit à quatre pattes. Il la prit dans ses bras.

— Coucou, mon bébé, tu t'es bien amusée aujourd'hui ?

Elle lui répondit par un gazouillis incompréhensible. La nurse, une femme d'un certain âge aux cheveux grisonnants, arriva dans la pièce et sourit en voyant Rez.

— Je vous ai entendu dans le babyphone.

— Je viens juste de rentrer. Merci de l'avoir emmenée au match.

— C'était un plaisir. Nous avons passé un bon moment.

— Comment vous adaptez-vous ici ?

Le visage de Mme Wilson s'éclaira.

— Oh ! très bien. Je ne me doutais pas que le palais était aussi immense. Je sais que nous avons souvent l'occasion de voir des photos, mais elles ne permettent pas de se faire une idée exacte.

— Avez-vous besoin de quelque chose ?

— Non, merci. On a veillé à ce que je sois installée très confortablement.

— Tant mieux.

Il regarda sa fille, qui se mit à gazouiller.

— Je suis d'accord, dit-il.

Il ignorait ce qu'il venait d'approuver, mais le sourire que lui adressa Evi gonfla son cœur de joie. Son téléphone vibra et il fut tenté de l'ignorer. Il n'avait pas envie de parler avec qui que ce soit pour l'instant. Plus tard, il préviendrait Beatrix que la comédie était finie. Il était incapable de continuer. S'il n'avait jamais été tenté par le théâtre à l'école, c'était pour une bonne raison. Il ne savait pas jouer un rôle.

— Je peux la prendre, dit Mme Wilson en tendant les bras vers Evi, qui imita aussitôt son geste.

Rez lui confia sa fille et sortit son téléphone de sa poche. Istvan ? Il prit l'appel tout en se dirigeant vers sa suite.

— Bonjour, comment ça va ?

— Ça pourrait aller mieux.

— Où es-tu ?

— À Ludus. Indigo y a des amis et elle a amené sa mère sur cette île privée pour la mettre à l'abri des paparazzis.

— Elle te parle ?

— Oui, mais elle est à bout de nerfs. Je peux difficilement lui en vouloir. Être harcelé par les médias est très éprouvant, surtout pour quelqu'un qui n'en a pas l'habitude. Elle refuse de quitter l'île tant que le cirque ne se calme pas.

Rez se passa la main dans les cheveux.

— Et le mariage ?

— J'ai bien l'intention de l'épouser. Si elle veut toujours de moi...

Rez fit la moue. Istvan ne semblait pas très sûr de la volonté d'Indigo. Les craintes de Beatrix concernant le mariage n'étaient peut-être pas excessives.

— Que puis-je faire pour t'aider ?

— Honnêtement, je n'en ai aucune idée. Si tu arrivais à tout arranger, je t'en serais éternellement reconnaissant.

— J'aimerais bien. Ta mère a eu une idée pour distraire les paparazzis.

Rez expliqua à son ami le plan imaginé par la reine.

— Je n'arrive pas à croire que tu as accepté de te prêter à une comédie aussi extravagante.

— Moi non plus. Mais tu sais que je suis toujours là pour toi.

— Je suis désolé que tu sois mêlé à tout ça. J'espère que nous serons bientôt de retour au palais. J'aimerais beaucoup voir ma filleule. La dernière fois remonte à trop longtemps. Je parie qu'Evi a beaucoup grandi.

— En effet. J'espère aussi que tu seras bientôt de retour.

— Merci pour tout ce que tu fais, Rez. Je sais que c'est dur pour toi de quitter ta propriété. Je te suis vraiment très reconnaissant.

Il y eut une pause, puis Istvan déclara :

— Désolé. Il faut que j'y aille.

— À bientôt.

Touché par les paroles de son ami, Rez se rendit à l'évidence. Il ne pouvait pas quitter le palais s'il y avait une chance, même infime, que le mariage ait lieu. Il fallait juste espérer qu'Istvan et Indigo seraient bientôt de retour et que la comédie prendrait fin avant que la situation devienne trop délicate. Comment le nier ? Il était de plus en plus troublé par Bea. Quand il l'avait prise dans ses bras avant le match, il avait été très tenté de l'embrasser...

6

Enfin chez soi !

Beatrix traversa le hall du palais à grands pas. Elle avait voulu rentrer tout de suite après le match, mais ses amies avaient protesté. Elles avaient envie de traîner. Et comme ce n'était pas elle qui conduisait, elle avait été obligée de les accompagner. Rez était-il rentré ? Oui, sans doute. Il était devenu casanier et, sa fille étant au palais, il n'avait pas dû s'attarder dehors. Il fallait qu'elle lui parle. Il devait apprendre à faire semblant d'être heureux de la voir quand ils étaient en public. Apparemment, il avait oublié ce que c'était de flirter. Autrefois, il passait son temps à ça… sauf avec elle. Mais ce n'était pas le moment d'évoquer le passé.

Elle monta à l'étage et se dirigea vers la suite de Rez. Dans le couloir, elle vit que la porte de la pièce voisine était ouverte. Y était-il ? Elle s'immobilisa sur le seuil. Aucune trace de Rez, mais il y avait un berceau blanc entre les deux grandes fenêtres. Comme c'était étrange de tomber sur un berceau au palais… En fait, c'était la première fois qu'elle en voyait un ici. Elle était trop petite quand Cecelia était née pour en avoir le souvenir.

Tout à coup, il y eut un mouvement dans le berceau. Elle se dit qu'elle ferait mieux de rebrousser chemin, mais la curiosité la poussa à franchir le seuil de la pièce. Evi ressemblait-elle à son père ? Bea fit un pas, puis hésita. Elle ne voulait pas déranger la petite fille. Après tout, elle ne connaissait rien aux bébés. Ses amies avaient tout juste commencé à se mettre en ménage et, pour l'instant, aucune n'était encore devenue mère. De toute façon, depuis qu'elle savait qu'elle ne pourrait pas avoir d'enfants, elle évitait toutes les occasions d'en croiser un. C'était d'ailleurs pour cette raison qu'elle avait décidé d'éviter également les hommes pendant un an. Si elle s'engageait dans une relation et que celle-ci devenait sérieuse, comment annoncerait-elle à son compagnon qu'elle ne pourrait jamais enfanter ? Le risque que cette nouvelle le pousse à mettre fin à leur relation était trop grand.

Quand il était avec sa fille, Rez devenait rayonnant. Evi était la seule personne qui pouvait le faire sourire vraiment. Il méritait d'avoir d'autres enfants quand il serait prêt à refaire sa vie. Elle l'imaginait bien avec une petite fille tirant sur la jambe de son pantalon alors qu'il avait un nouveau-né dans les bras. Cette image noua la gorge de Beatrix. Elle ne figurerait jamais dans une scène de ce genre…

La tête d'Evi apparut sur le côté du berceau. Boucles brunes, yeux bleus, elle était adorable. Elle la regardait et… elle lui souriait ? Oui. Beatrix fut submergée par une vive émotion. Evi se redressa encore et se mit à gazouiller. Beatrix chercha la nurse du regard. Personne.

— Dadada…

Evi sautillait en s'agrippant au bord du berceau, puis elle tomba en arrière. Beatrix crut que son cœur s'arrêtait de battre. Elle se précipita. Allongée sur le dos, Evi la regarda en riant.

— Oh ! tu m'as fait une de ces peurs !

Evi lui adressa un sourire qui creusa des fossettes sur ses joues, et Beatrix sentit son cœur se serrer douloureusement.

Elle ne vivrait jamais ce genre d'expérience avec un bébé à elle. Pendant longtemps, elle s'était répété que de toute façon elle ne voulait pas d'enfants, qu'elle avait une vie épanouissante et bien remplie. Mais à l'évidence, ce n'était pas vrai... Elle refoula les larmes qui lui piquaient les yeux. Evi roula sur le côté, se redressa et s'agrippa de nouveau au bord du berceau pour se dresser sur ses jambes.

— Tu ne devrais pas faire ça, dit Beatrix. Tu vas encore tomber.

Evi se mit à sautiller.

— Fais attention. Arrête de sauter, d'accord ?

Beatrix regarda autour d'elle. Personne ne venait ? Où était Rez ? Elle reporta son attention sur la petite, qui la regardait en souriant.

— Evi, tu ne dois plus sauter, d'accord ?

Comme si elle ne comprenait que le mot « sauter », Evi se remit à faire des petits bonds. Beatrix se raidit, très inquiète. Instinctivement, elle tendit les bras. Mais juste au moment de prendre la fillette, elle hésita.

— Evi...

La voix de Rez fit tressaillir Beatrix et elle se redressa.

— Je... je te cherchais. La porte était ouverte, alors...

— J'étais dans la cuisine.

Il montra le biberon qu'il tenait à la main.

— Merci d'avoir gardé un œil sur elle.

— Euh... Oui. Pas de problème.

— Elle adore sauter. Elle va avoir des jambes très musclées.

Beatrix considéra Rez avec perplexité.

— Comment sais-tu qu'elle sautait ?

Il montra le babyphone qu'il tenait dans l'autre main.

— Oh.

Elle sentit ses joues s'enflammer.

— Alors tu nous as entendues ?

Il hocha la tête.

— Je suis heureux que vous ayez enfin fait connaissance. N'hésite pas à venir la voir quand tu veux. Elle est toujours ravie d'avoir de la compagnie.

— Je ne voulais pas la déranger au moment de son dîner.

Il posa le biberon.

— Tu ne l'as pas dérangée. Et je suis sérieux, tu peux venir la voir quand tu veux.

— Merci.

Evi sautait de plus belle en gazouillant, visiblement très excitée de voir son père.

— De toute façon, je... j'y vais.

Beatrix se dirigea vers la sortie, mais quand elle passa à côté de lui, Rez lui toucha le bras.

— Tu n'es pas obligée de t'en aller.

— Je... Il vaut mieux que je te laisse seul avec ta fille.

Cette situation était trop attendrissante. Evi était si mignonne... et Rez, beaucoup trop séduisant. Par moments, il était très difficile de se rappeler que c'était un veuf inconsolable. Elle s'empressa de quitter la pièce. Ce fut seulement lorsqu'elle arriva en bas de l'escalier qu'elle recommença à respirer normalement.

— Ça va ?

Elle sursauta. Pressant une main sur sa poitrine, elle se retourna vers Gisella, qui la considérait d'un air perplexe.

— Oui, ça va.

Sa sœur arqua les sourcils.

— Tu es sûre ?

— Oui. Pourquoi ?

— Tu as descendu l'escalier quatre à quatre, comme si tu fuyais quelque chose ou quelqu'un.

— Ne dis pas n'importe quoi, répliqua Beatrix d'un ton qu'elle espérait désinvolte. Mais toi, que fais-tu ici ? Je pensais que tu avais une réunion.

Gisella soupira.

— Je me suis échappée. Par moments, j'ai besoin de souffler.

Elle se rapprocha de Beatrix.

— Je peux te parler franchement ?

Beatrix s'efforça de masquer sa surprise. Sa sœur aînée n'était pas du genre à se confier. Que pouvait-elle bien avoir à lui dire ?

— Bien sûr. Qu'y a-t-il ?

— Je ne savais pas qu'il y avait autant de choses à apprendre pour devenir reine. Bien plus que je ne l'imaginais.

Gisella soupira.

— Je ferais mieux d'y retourner.

Sur ces mots, elle tourna les talons et s'éloigna. Aussitôt, les pensées de Beatrix se tournèrent de nouveau vers Rez et Evi. Elle ne s'était pas encore remise de ce qui s'était passé. D'abord la rencontre avec le bébé, puis l'arrivée de Rez… Jamais elle n'avait été perturbée à ce point. Il fallait à tout prix qu'elle garde ses distances.

Rez était au comble de la perplexité. Il n'avait jamais vu Bea dans un tel état. C'était comme si elle avait dû se retenir pour ne pas prendre ses jambes à son cou. Qu'est-ce qui avait bien pu la perturber à ce point ? Sans doute la même chose que lui. Cette comédie qu'on leur avait imposée… c'était trop difficile pour tous les deux. Il n'aurait jamais dû accepter de jouer le jeu.

— Tu n'as pas encore sommeil, mon bébé ? demanda-t-il à Evi qui continuait à s'agiter dans son berceau.

— Voulez-vous que je la prenne, monsieur ? demanda Mme Wilson.

Il hésita, partagé entre l'envie de rester pour bercer Evi jusqu'à ce qu'elle s'endorme - son moment favori de la journée - ou bien aller voir Bea. Il fallait qu'il lui parle.

— Ça ne vous dérange pas ?

— Oh ! non. Ça ne me dérange jamais d'endormir une petite fille aussi adorable. Et de toute façon, je n'ai pas grand-chose d'autre à faire ici.

Il prit Evi, qui commençait à donner des signes de fatigue, et la tint devant lui pour qu'elle puisse bien le voir.

— Je t'aime, mon bébé. Dors bien.

Il l'embrassa sur les deux joues puis la tendit à Mme Wilson.

— Si vous avez des problèmes pour la mettre au lit, envoyez-moi un message et je reviendrai.

— Tout va bien se passer. Ne vous inquiétez pas.

— Merci pour tout. Je vous suis très reconnaissant d'avoir accepté de venir ici.

— C'est un honneur pour moi.

Il prit une des petites mains de sa fille et l'embrassa.

— Fais de beaux rêves, mon cœur.

Il alla frapper à la porte de Bea, mais il n'y eut pas de réponse. Il lui envoya un message.

Où es-tu ? Il faut que nous parlions.

Il attendit en faisant les cent pas dans le couloir. Les secondes passèrent, puis les minutes. Juste au moment où il se dit qu'elle ne répondrait pas, un message arriva.

Tu veux que nous nous voyions dans la bibliothèque ?

J'arrive.

Il descendit au rez-de-chaussée et prit un long couloir. Heureusement qu'il avait passé beaucoup de temps au palais pendant son enfance et son adolescence. Sinon, il aurait eu toutes les chances de se perdre. Il entra dans la bibliothèque, mais Bea n'y était pas. En l'attendant, il récapitula ce qu'il allait lui dire. Il voulait lui proposer une autre solution pour duper les médias. Une solution qui ne nécessiterait pas sa présence. Ensuite, il irait chercher sa fille et il rentrerait chez lui jusqu'au mariage. Vivement qu'il prenne la route…

Quelques minutes plus tard, Bea arriva et ferma la porte à double battant derrière elle.

— De quoi voulais-tu me parler ?

— Il faut que nous procédions autrement.

— Je suis d'accord. Je pense qu'il faut accélérer le rythme. Au lieu d'attendre vendredi, il est préférable que nous nous montrions de nouveau en public dès demain.

Il secoua la tête.

— Ce n'est pas le changement auquel je pense.

Elle posa la main sur sa hanche. Une hanche à la rondeur exquise… Il déglutit péniblement.

— Qu'as-tu en tête ? demanda-t-elle.

— Je pense que nous devrions renoncer à cette comédie. Je suis sûr que nous n'intéressons personne.

— Qu'est-ce qui te fait dire ça ?

— Je n'ai reçu aucune notification sur mon téléphone. Je pense que le public se moque éperdument de ce que nous pouvons faire.

— Et moi, je pense que nous venons tout juste de commencer. Aujourd'hui, c'était la première fois. Il faut laisser passer un peu de temps. Nous sommes censés envoyer des signaux subtils. Il ne suffit pas que tu t'approches de moi et que tu m'embrasses en public. Quelle histoire y aurait-il à raconter ?

Il faillit s'étrangler.

— Depuis quand suis-je censé t'embrasser ?

Elle eut une moue désabusée.

— Tu n'es pas obligé de dire ça comme si c'était ce qui pouvait t'arriver de pire !

— Ce n'est pas ce que j'ai voulu dire. C'est juste que... il s'agit de toi et moi. Nous n'avons pas ce genre de rapports.

Ils n'avaient jamais eu une relation sentimentale. Autrefois, elle était trop jeune pour lui. Ensuite, il avait rencontré Enora. Mais aujourd'hui, la situation était différente. Et Bea pourrait être une mère parfaite pour sa fille. Il faillit de nouveau s'étrangler. Cette pensée venait-elle vraiment de lui traverser l'esprit ? C'était insensé ! Était-il donc prêt à aller aussi loin pour donner une famille à Evi ? Il n'avait pas la réponse à cette question.

— Quel genre de rapport avons-nous ?

La voix de Bea ramena Rez à la conversation. Il détourna le regard.

— Tu le sais bien.

— Non, je ne le sais pas. Dis-le-moi, s'il te plaît.

Était-elle aussi vexée qu'elle en avait l'air ? Pourquoi lui en voudrait-elle de sa remarque ? La situation dans laquelle les avait mis la reine ne devait pas l'enchanter plus que lui. Il se balança d'un pied sur l'autre.

— Mais si, tu le sais. Tu es comme ma petite sœur. Comme quand nous étions enfants.

— Au cas où tu ne l'aurais pas remarqué, je suis devenue adulte. Comme toi.

Il passa la main dans ses cheveux. Oui, il avait remarqué qu'elle était devenue une femme, merci... Le problème, c'était qu'il ne voulait pas la voir comme telle. Il était veuf. Pour l'instant, vivre une histoire d'amour n'était pas au programme. Il ne savait même pas s'il en aurait de nouveau envie un jour. Et puis il y avait Istvan. Il serait furieux s'il se passait quelque chose entre Bea et lui. Il avait toujours été très clair à ce propos. Ses sœurs – les trois – étaient sacrées. Il lui avait expressément interdit de flirter avec elles. Il fallait dire qu'avant Enora, il avait la réputation d'être un play-boy. Du genre à quitter les filles aussi vite qu'il les séduisait. Sa rencontre avec Enora avait tout changé.

Aujourd'hui, ça n'avait rien donné.

Elle était la première à le reconnaître. Mais ce n'était pas une raison pour renoncer. Ils ne pouvaient pas renoncer. L'enjeu était trop important. Il fallait qu'ils persévèrent. D'après les nouvelles données par son frère, Indigo refusait de revenir au palais et d'affronter les commentaires des médias. Bien sûr, pour quelqu'un qui n'avait pas l'habitude que sa vie soit disséquée aux actualités, c'était difficile à supporter. Elle-même était bien placée pour le savoir. Cependant, elle avait appris à utiliser les médias à son avantage. Or c'était exactement ce qu'ils devaient faire. Il fallait juste persuader Rez de poursuivre ses efforts.

— Nous ne pouvons pas arrêter maintenant. Fais-moi confiance. En multipliant les attitudes ambiguës, nous allons éveiller la curiosité des paparazzis.

Rez resta silencieux. Il regardait dans le vague. Sans doute cherchait-il un moyen de se sortir de ce guêpier…

— Rez ?

Pas de réponse.

— Rez ? répéta-t-elle plus fort. Tu m'as entendue ?

— Euh… oui.

Ding.

Il consulta son téléphone.

— C'est le tien.

Elle réprima un soupir. Elle savait que c'était le sien.

Elle l'avait senti vibrer dans sa poche. Mais elle n'avait pas envie d'être interrompue pour l'instant. Il y eut un nouveau signal. Devant le regard interrogateur de Rez, elle sortit son téléphone de sa poche. C'était une notification provenant des *Confidences de la Duchesse*. Un nouveau post venait d'être publié. Elle lut le titre.

De nouveau en selle

— Bea, il y a un problème ? demanda Rez d'un ton inquiet.

— Il y a une nouvelle publication des *Confidences de la Duchesse*.

— Qu'est-ce que ça raconte ?

Elle lut le titre à Rez.

— Je suppose que c'est un article sur moi ?

Il ne semblait pas particulièrement impressionné.

— Je ne sais pas. Je vais le lire.

Chères lectrices, la Duchesse a une nouvelle très excitante pour vous toutes qui êtes célibataires… et peut-être même pour certaines d'entre vous qui ne sont pas si célibataires que ça !

Mesdames, mesdemoiselles, attention à vos cœurs ! Le très sexy duc de Kaspar est remonté sur son cheval de polo.

Une photo de Rez sur son cheval accompagnait le post. Beatrix la contempla longuement, incapable d'en détacher les yeux. Pourquoi semblait-il si différent sur cette image ? Au bout d'un moment, elle finit par comprendre. C'était la première fois qu'il semblait détendu depuis son arrivée au palais. Même les rides de stress qui marquaient son visage s'étaient estompées… Elle se força à poursuivre sa lecture.

La Duchesse a également des précisions à vous apporter à propos de l'ex-future princesse. Personne ne connaît la nature exacte de l'escroquerie commise par son père au palais, mais lorsque celui-ci a été banni du royaume avec toute sa famille, l'opprobre a été visiblement trop dur à supporter pour lui. Il s'est en effet suicidé peu de temps après, laissant sa famille affronter seule le déshonneur. Il se confirme que nous récoltons ce que nous semons, n'est-ce pas ?

L'estomac de Beatrix se noua. Comment pouvait-on publier des mensonges aussi grossiers ? Les gens qui se cachaient derrière ce genre de site étaient-ils conscients du mal qu'ils causaient ? Heureusement qu'Istvan et Indigo n'étaient pas là ! Pour une fois, elle s'en réjouissait. Avec un peu de chance, ils ne consultaient pas les médias. Et de son côté elle se passerait bien de poursuivre sa lecture. Dire que ce site battait des records d'audience et que beaucoup de Rydianiens prenaient pour argent comptant tout ce qu'ils y lisaient !

Si le prince Istvan annule son mariage avec celle qui rêvait de devenir princesse, il sera de nouveau sur le marché lui aussi. Oh ! mesdames et mesdemoiselles, cet été se révèle exaltant. Sortez du placard vos robes les plus moulantes et vos talons les plus vertigineux. La chasse au beau parti est ouverte.

Beatrix suffoqua d'indignation. Si elle avait su qui se cachait derrière *Les Confidences de la Duchesse*, elle aurait exigé personnellement la publication d'un démenti. Le mariage allait être célébré. Il le fallait, parce que Istvan et Indigo s'aimaient. Il était injuste que leur amour soit menacé par des accusations mensongères. Elle était connue pour ses talents de modératrice au sein de sa famille, mais quand quelqu'un s'attaquait à l'un de ses proches, elle n'hésitait pas à le défendre avec vigueur. Malheureusement, elle demeurait impuissante face à quelqu'un dont elle ne connaissait ni l'identité ni les coordonnées.

Qui saura conquérir le cœur des deux plus beaux partis du royaume ? Pour l'instant, je n'ai pas la réponse à cette question. Cependant, en ce qui concerne le duc, ce ne sera sûrement pas la princesse Beatrix.

Une photo les montrait, Rez et elle, en train de se regarder. Le visage aussi renfrogné l'un que l'autre. Oh ! non ! Ce n'était pas bon. Pas bon du tout...

C'est tout pour l'instant, chères admiratrices de la famille royale. Sachez que je mobilise toutes les ressources à ma disposition pour découvrir quelle est la situation exacte du prince Istvan. Je sais que vous rêvez d'avoir une chance de conquérir son cœur et votre rêve pourrait bien devenir réalité.

Quant au duc, je le surveille de près lui aussi. À présent qu'il a fini son deuil et qu'il est de retour dans la société, quelque chose me dit qu'il va être invité partout.

Restez fidèles, chères lectrices, je vous communiquerai toutes les informations utiles au fur et à mesure que je les obtiendrai. À suivre...

Beatrix se tourna vers Rez. Apparemment lassé d'attendre qu'elle lui lise le post, il le faisait lui-même sur son téléphone. À cet instant, Gisella fit irruption dans la bibliothèque.

— Vous avez vu ce qu'a écrit la Duchesse ?

— Oui.

— C'est de pire en pire, commenta Gisella en soupirant. Il faut passer à la vitesse supérieure.

— C'est exactement ce que je disais à Rez. Pour aujourd'hui, c'est trop tard, mais demain il y a un vernissage à la galerie de la ville. Ses expositions attirent de nombreuses personnalités depuis qu'il est de notoriété publique que notre frère est un de ses gros clients.

— Bonne idée. Mais comment allez-vous ranimer l'intérêt des médias ? Ils ont pratiquement écarté toute possibilité de relation sentimentale entre Rez et toi.

— En effet, intervint Rez. Quelles modifications comptes-tu apporter au scénario ?

Beatrix réfléchit. Elle ne voyait qu'une solution. Poursuivre le plan initial, mais sur un rythme plus rapide. Elle se tourna vers sa sœur.

— Il faut avancer la publication du communiqué officiel du palais concernant Indigo et sa famille.

— Mais le protocole veut qu'on ne se précipite pas pour répondre aux mensonges publiés dans les médias !

— Qui se soucie du protocole ? Le temps que le palais se décide à publier un communiqué, le mariage de notre frère sera annulé officiellement. C'est ce que tu veux ?

Gisella secoua la tête.

— Non, mais déroger au protocole, même à titre exceptionnel, ne va pas plaire aux instances supérieures...

— Et tous les mensonges odieux vomis par la Duchesse, ils leur plaisent ?

— Là, tu marques un point.

— Bien. Parle au roi, dis-lui de charger une équipe de rédiger le communiqué. Une fois que le public connaîtra la vérité, les rumeurs devraient s'éteindre.

— Et vous deux ?

Gisella regarda tour à tour Beatrix et Rez.

— Personne ne va croire à la possibilité d'une idylle en voyant des photos sur lesquelles vous vous regardez en chiens de faïence.

— D'accord avec toi. Nous allons nous occuper de ça pendant que tu te charges du communiqué.

— Convaincre le palais d'enfreindre le protocole ne sera pas aussi facile que tu sembles le penser, insista Gisella.

— Feindre une relation non plus. Allez, file.

Gisella soupira.

— J'y vais. Depuis quand suis-je devenue la coursière ?

— Pense que c'est pour aider ton frère qui en a grand besoin.

Après le départ de Gisella, Rez déclara :

— Je pense que nous commettrions une grosse erreur si nous recommençons ce que nous avons fait hier.

— Je suis d'accord.

Devant l'air surpris de Rez, Beatrix précisa :

— Demain, tu devras avoir l'air heureux de me voir. Froncements de sourcils interdits.

— Je n'ai pas froncé les sourcils.

— Dois-je te montrer la photo ?

— D'accord, mais tu fronçais les sourcils toi aussi.

— Parce que ton attitude me contrariait. Demain, nous nous retrouverons à la galerie Durand.

— Si tu y tiens... Mais je continue à penser que poursuivre cette comédie est une erreur.

Beatrix resta silencieuse. En clair, il n'avait pas envie de feindre une relation avec elle. Ce qui pouvait se comprendre, puisqu'il était toujours en deuil de son épouse. Alors pourquoi le prenait-elle personnellement ? C'était stupide.

7

C'était une perte de temps.

Rien de ce qu'ils feraient n'atténuerait les effets des mensonges publiés dans certains médias. Malgré ses réticences, Rez prit sa voiture pour se rendre en ville. Arrivé à destination, il constata que toutes les places de parking étaient prises. Apparemment, Bea n'avait pas exagéré en disant que cette galerie était très populaire. Au moins, cette soirée ne serait pas complètement inintéressante. Il trouverait peut-être même un tableau ou une sculpture pour sa maison. Il voulait qu'Evi grandisse entourée d'œuvres d'art. Il aimait se dire que c'était ce que sa mère aurait voulu, mais en réalité il n'en était pas certain.

Il était convenu qu'il arriverait le premier pour permettre à Bea de faire une entrée remarquée. Quel était son plan ? Il l'ignorait, mais de toute façon, même vêtue d'un sac-poubelle, elle attirerait tous les regards… À l'entrée de la galerie se tenait un garde en costume noir, chemise noire et cravate noire, les yeux fixés sur la tablette qu'il avait dans les mains. Sans le regarder, il demanda :

— Nom ?

— Le duc de Kaspar.

L'homme leva aussitôt la tête, l'air contrit, et ouvrit la porte.

— Entrez, je vous en prie.

— Bonne soirée, dit Rez avant de franchir le seuil de la galerie.

Il n'y était jamais venu. La salle aux murs blancs et au sol gris ardoise était immense. Dans ce décor sobre et chic, des dizaines de gens circulaient, un verre à la main. Il fit le tour de la salle en s'efforçant d'ignorer les têtes qui se tournaient sur son passage. Les toiles accrochées aux murs étaient intéressantes. Il n'aurait pas de mal à trouver quelque chose à acheter. Le problème serait plutôt de se limiter à une... ou deux œuvres. Il y avait également plusieurs vitrines éparpillées dans la salle, dans lesquelles étaient exposés des bijoux ou des sculptures. Rez s'approcha d'un mur pour étudier de près une huile représentant un champ de fleurs sauvages violettes. Il était facile de s'imaginer dans le champ, le visage caressé par le soleil et par une brise légère embaumée du parfum des fleurs. C'était avec ce genre d'œuvre qu'il souhaitait stimuler l'imagination d'Evi. Il nota le titre du tableau avec l'intention de l'acheter.

— Bonjour, Rez. Ça fait plaisir de te voir.

Il se retourna. Une femme à la chevelure cuivrée flottant sur ses épaules lui souriait. Comment s'appelait-elle ? Il le savait, mais impossible de s'en souvenir... Si Bea avait été là, elle aurait pu le renseigner discrètement.

— Bonjour, répliqua-t-il en réfléchissant à une excuse pour s'éloigner.

Avant qu'il ait le temps de comprendre ce qui lui arrivait, la femme le serra dans ses bras. Son parfum intense et sucré l'enveloppa tandis que ses lèvres rouge cerise déposaient un baiser sur sa joue. Il lui fallut un instant pour se dégager. Les bras de la femme étaient comme des tentacules déterminés à le garder prisonnier. Il chercha désespérément Bea du regard. Pourquoi avait-elle choisi cette soirée pour arriver en retard ?

— Je suis navrée pour ton épouse, dit la femme d'une voix aiguë. Ça doit être très dur d'élever un bébé tout seul.

Il réprima un grognement agacé. C'était le dernier sujet qu'il avait envie d'aborder avec une étrangère… Ne sachant pas quoi répondre, il hocha la tête.

— Ce qu'il te faut, c'est une nouvelle épouse, quelqu'un qui t'aide à t'occuper de ta fille et de ta grande maison, poursuivit-elle avec un sourire éclatant.

Il s'efforça de masquer son effarement. Cette femme, qui avait au moins dix ans de plus que lui, n'était tout de même pas en train de lui suggérer de l'épouser ?

— Si vous… Si tu veux bien m'excuser, il y a là-bas quelqu'un à qui je dois parler.

C'était faux, mais il était prêt à sortir pour aller discuter pendant une heure avec le garde plutôt que de rester une minute de plus avec cette femme !

— Rez !

Quelqu'un lui saisit le bras. Il s'immobilisa et se retourna. Une blonde. Qu'il connaissait depuis des années. Elle s'appelait…

— Bonjour, Liz.

Elle lui adressa un large sourire.

— Je ne savais pas que tu serais ici ce soir.

— C'est une décision de dernière minute.

Et qu'il n'avait pas prise personnellement. C'était Bea qui avait insisté parce que, d'après elle, leur apparition serait très remarquée. À propos de Bea… Il parcourut la salle du regard. Où était-elle ? D'accord, il était préférable qu'ils n'arrivent pas en même temps, mais ce serait bien qu'il ne soit pas obligé de l'attendre pendant des heures ! Liz le prit par le bras avec une familiarité qui le mit extrêmement mal à l'aise. Bon sang, quelle plaie !

— C'est fantastique que tu sois là. Tu nous as beaucoup manqué. Quelle tristesse, ce qui est arrivé à ta femme ! Je n'imagine même pas l'effet que ça doit faire de perdre quelqu'un du jour au lendemain. Et ta pauvre petite fille.

Qu'elle se taise, par pitié ! Sa femme n'était pas un sujet de conversation mondaine.

Où es-tu, Bea ?

Comme par magie, elle fit son entrée dans la galerie à cet instant précis. *Waouh !* Elle était sublime ! Et il n'était pas le seul à le remarquer... Le bruit des conversations s'éteignit et toutes les têtes se tournèrent vers elle. Visiblement habituée à être le point de mire, elle s'immobilisa. Quelques flashs crépitèrent, puis chacun voulut la saluer personnellement.

Ses longues boucles brunes tombaient en cascade sur ses épaules, ce qui donnait envie d'y plonger les doigts. Son maquillage était discret, à l'exception du gloss grenat qui faisait briller ses lèvres. Des lèvres pulpeuses plus tentantes que jamais... Elle était vêtue d'un chemisier blanc dont les manches en dentelle laissaient entrevoir la peau crémeuse de ses bras. Il aurait dû se détourner. Il ne pouvait pas continuer à la dévorer des yeux... Mais impossible de bouger. Une jupe blanche moulait ses hanches rondes et dévoilait ses genoux. Quant à ses escarpins à talons aiguilles bleus, ils faisaient paraître encore plus longues ses jambes galbées. Il déglutit péniblement. La Bea qu'il avait connue autrefois n'avait jamais été aussi sexy. Il s'en serait souvenu.

— Excusez-moi.

Sans attendre la réaction de Liz, il fendit la foule en direction de Bea. Le temps qu'il arrive près d'elle, elle était entourée de trois hommes. Il réprima une moue de dérision. L'un d'entre eux était beaucoup trop jeune pour elle. Le deuxième était beaucoup trop vieux. Et si le troisième s'imaginait qu'il était impressionné par son regard de défi, il allait être très déçu. Non seulement Bea et lui avaient prévu de se retrouver ici, mais ils étaient de très vieux amis. Bea rit à une réflexion du jeune homme et Rez eut un pincement au cœur. Il voulait la faire rire lui aussi. Il voulait faire pétiller la joie dans ses yeux... Mais que lui prenait-il ? Il n'était pas censé avoir envie de faire rire une femme. Ni la trouver sexy. Il avait été marié à une femme très belle, une femme délicieuse, et elle était morte à cause de lui. Il ne méritait pas d'avoir une autre chance de connaître le bonheur. Mais s'appesantir sur ces souvenirs douloureux ne servait à rien. Il ferait mieux de se concentrer sur sa mission. Se rapprochant de Bea, il dit assez fort pour que les deux hommes l'entendent :

— Votre Altesse, puis-je solliciter quelques minutes de votre temps ?

Bea se tourna vers lui avec un sourire chaleureux.

— Duc de Kaspar, quel plaisir de vous revoir ! Bien sûr, vous pouvez.

Il sentit les battements de son cœur s'accélérer. Elle semblait si heureuse de le voir... Mais elle jouait la comédie, se rappela-t-il. Ils étaient là pour ça. Pour jouer la comédie. Rien de plus.

Il fronçait de nouveau les sourcils ! Bea réprima à grand-peine un soupir exaspéré. Quel était le problème de Rez ? Chaque fois qu'il la voyait, il se renfrognait. Était-elle si désagréable à regarder ? Elle était arrivée en retard parce qu'elle avait sélectionné sa tenue avec un soin tout particulier, afin qu'elle ne soit ni trop stricte ni trop décontractée.

Elle pensait avoir fait le bon choix, mais vu la tête que faisait Rez, elle commençait à avoir des doutes...

Elle le suivit à travers la foule, satisfaite de voir beaucoup de regards se tourner vers eux. Des regards appartenant pour la plupart à des femmes qui ne semblaient pas ravies. Peut-être que leur ruse commençait à produire un effet. Elle avait hâte de lire *Les Confidences de la Duchesse*, ce soir ! Elle se pencha vers Rez.

— Le communiqué du palais a été publié cet après-midi. C'est une des raisons de mon retard. J'ai lu tous les commentaires des médias. Pour l'instant, aucune réaction de la Duchesse.

— Depuis mon arrivée, je n'ai entendu personne faire allusion à Istvan ni à Indigo, répondit-il à mi-voix. Peut-être que le communiqué a l'effet souhaité et que nous pouvons oublier notre comédie.

Elle lui prit le bras.

— Tu es beaucoup trop impatient de renoncer à notre plan. Je commence à penser que je te déplais.

— Tu n'es pas sérieuse, j'espère ?

— Tu fronces un peu trop souvent les sourcils dès que nous sommes ensemble.

— Pas du tout, répliqua-t-il en fronçant les sourcils.

— Vraiment ? C'est ce que tu es en train de faire en ce moment.

Il soupira.

— Si nous visitions l'exposition ?

— Avec plaisir.

Ils déambulèrent ensemble, faisant de nombreuses pauses pour contempler les œuvres. Elle ne lâcha pas le bras de Rez, afin de tenir à distance les femmes qui le regardaient avec le plus de convoitise. Le message fut reçu et ils purent visiter l'exposition en échangeant leurs impressions sans être dérangés. Elle fut ravie de constater que Rez souhaitait acquérir des œuvres.

— Si tu aimes le champ de fleurs sauvages, il faut que tu voies les tableaux d'Indigo. Ils sont accrochés là-bas, juste après l'angle. Il y en a un en particulier qui devrait te plaire.

Ils contournèrent un groupe et tournèrent au coin du mur. Beatrix se figea. Où étaient passés les tableaux d'Indigo ? Avaient-ils été vendus ? Elle fut à la fois heureuse pour sa future belle-sœur et déçue de ne pas pouvoir montrer ses œuvres à Rez.

Une femme d'un certain âge aux cheveux bruns très courts et au sourire chaleureux s'approcha d'eux. Elle s'inclina légèrement devant Beatrix.

— Votre Altesse, c'est un grand plaisir de vous voir ici.

Beatrix lui rendit son sourire.

— Esme, je suis heureuse de vous voir, moi aussi. Je vous présente le duc de Kaspar. Rez, voici Esme Durand. Elle et son mari sont les propriétaires de la galerie.

— Enchantée de faire votre connaissance, dit Esme.

— Votre galerie est fantastique. J'ai l'intention d'acheter deux ou trois œuvres et j'ai du mal à décider lesquelles sont mes favorites, déclara Rez.

Esme eut un sourire radieux.

— Ça peut être très compliqué, en effet.

— Je voulais montrer à Rez des tableaux d'Indigo, mais le mur où ils sont accrochés d'habitude est vide. Tout a été vendu ?

Le sourire d'Esme s'évanouit.

— Nous avons eu un problème cette semaine. Quelqu'un a tenté de vandaliser les tableaux. Nous avons décidé de les mettre à l'abri jusqu'à ce que les choses s'arrangent.

— C'est horrible !

Esme hocha la tête.

— Nous avons dû prévenir les autorités. Certaines personnes sont ignobles. J'ai vu le communiqué du palais cet après-midi. Il devrait mettre un terme à tous ces mensonges odieux qui circulent.

— Nous l'espérons. Et merci de protéger les œuvres d'Indigo. Puisque Rez veut acquérir des tableaux, je voulais les lui montrer. Je pense à l'un d'eux qui devrait correspondre exactement à ses goûts.

— Bien sûr.

Esme expliqua à Beatrix à quel endroit de la réserve se trouvaient les toiles.

— Celui-ci est très beau, dit Rez quelques instants plus tard en montrant une œuvre représentant une femme âgée entourée de chatons à qui elle donnait à manger.

Il continua d'avancer en contemplant divers portraits de gens de tous horizons et de tous âges. Quand il s'attarda devant une scène de plage, Beatrix sourit. C'était le tableau auquel elle pensait. Il représentait une petite fille avec un bob sur la tête, en train de jouer dans le sable.

— Ça pourrait être Evi, commenta-t-il en se tournant vers elle.

Elle hocha la tête.

— Je me doutais que tu dirais ça.

— Je n'ai encore jamais emmené Evi à la plage.

— Tu devrais.

— Tu ne crois pas qu'elle est trop petite ?

Elle hésita.

— Je pense que c'est toi le meilleur juge.

Il y avait tant de choses qu'elle ignorait à propos des enfants… et qu'elle aimerait apprendre. Mais il valait mieux éviter de s'attarder sur ce qui n'arriverait jamais. Ils regagnèrent la salle d'exposition et Rez indiqua à Esme quels tableaux il souhaitait acheter. Ensuite, ils reprirent leur visite afin de voir toutes les œuvres exposées. La soirée passait beaucoup trop vite, constata Beatrix. La compagnie de Rez était très agréable. Comme si quelque chose avait changé. Ce soir, il était drôle et charmant. Comme le Rez qu'elle avait connu autrefois. Mais le moment était venu d'accomplir son devoir de représentante de la famille royale.

— Je n'en ai aucune envie mais il faut que je me mêle à la foule, dit-elle.

Certaines personnes avaient sans doute des questions liées au communiqué du palais. Il fallait y répondre. Plus vite la vérité serait rétablie, plus vite les rumeurs infondées seraient oubliées.

— Je comprends, dit Rez. J'ai apprécié de visiter la galerie avec toi.

— J'ai passé un bon moment moi aussi, répliqua-t-elle en souriant.

À vrai dire, elle n'avait pas eu l'impression d'être en mission. La compagnie de Rez avait été si agréable que cette soirée lui avait fait l'effet d'un vrai rendez-vous. Mais il ne fallait pas oublier qu'en réalité, c'était une comédie... Avec un pincement au cœur, Beatrix s'éloigna de Rez. Elle avait hâte de pouvoir rentrer au palais et de lire le compte rendu des *Confidences de la Duchesse*. Grâce à Rez, cette soirée avait été beaucoup plus réussie que leur rencontre au match de polo. Elle y avait presque cru.

8

Avaient-ils réussi à éveiller l'intérêt des paparazzis ?

Après avoir vu Rez franchir la porte avec un paquet sous le bras, Beatrix était impatiente de quitter la galerie. Elle aurait tellement aimé partir avec lui ! Malheureusement, elle ne pouvait pas se le permettre. D'abord, elle devait démentir les rumeurs. Ensuite, elle ne voulait pas précipiter les choses entre eux – aux yeux des médias, bien sûr. Dans la réalité, ils ne partageaient rien d'autre qu'une vieille amitié.

Elle resta donc à la galerie et circula parmi la foule. Les questions concernant Istvan et Indigo furent nombreuses et certaines la suffoquèrent. Ce fut le cas quand on lui demanda si le palais mentait pour éviter la divulgation du casier judiciaire d'Indigo. *Quel casier judiciaire ?* Indigo n'avait jamais enfreint la loi ! Elle répondit à chaque question en apportant toutes les précisions nécessaires au rétablissement de la vérité. Et en espérant que celle-ci se répandrait parmi les connaissances des personnes présentes.

Heureusement, la plupart des gens ajoutaient foi à ses explications et exprimaient leur compassion pour Istvan et Indigo. Peut-être le roi devrait-il s'adresser au royaume par le biais d'une allocution radiotélévisée, se dit-elle. Ce serait sans doute plus efficace qu'un simple communiqué.

Les gens auraient le sentiment qu'il s'adressait personnellement à eux, comme elle venait de le faire ce soir. Lorsqu'il ne resta presque plus personne à la galerie, elle remercia les propriétaires et partit pour le palais. Pendant le court trajet en voiture, elle consulta le site des *Confidences de la Duchesse*. Pas un seul post de toute la journée. Qu'attendaient-ils ?

Elle remit son téléphone dans sa pochette en soupirant. Elle avait terriblement mal aux pieds et il était très tentant d'enlever ces chaussures neuves. Mais si elle cédait à cette envie, elle n'arriverait pas à les remettre. Il valait mieux attendre un peu. Avant de s'autoriser à marcher pieds nus, elle voulait faire le bilan de cette soirée avec Rez. Alors que le chauffeur s'engageait dans l'allée qui conduisait au palais, elle reprit son téléphone et lui envoya un message.

On peut se retrouver dans la bibliothèque ?

Non, je ne peux pas.

Il faut vraiment qu'on parle.

Viens dans la nurserie.

La nurserie ? Ce n'était pas l'endroit idéal pour avoir une conversation sérieuse. Mais il semblait que Rez ne lui laissait pas le choix… Elle fit quand même une dernière tentative.

Il faut que nous parlions en privé.

D'accord. Retrouvons-nous dans la nurserie.

Elle soupira.

Très bien, je me change et j'arrive.

Nous t'attendons.

Elle l'imaginait bien, tenant Evi dans ses bras. Quand il était avec elle, il semblait débarrassé de tous ses problèmes. Au lieu de froncer les sourcils, il n'arrêtait pas de sourire. Son bébé lui faisait du bien. Si seulement il avait pu lui adresser à elle aussi des sourires de ce genre… Le chauffeur la déposa à l'arrière du palais. À peine le seuil franchi, elle enleva ses talons aiguilles avec un soupir d'aise et monta l'escalier de service en les laissant pendre au bout de ses doigts. Dans sa chambre, elle ôta sa jupe et son chemisier pour enfiler un short bleu et un haut en dentelle blanche. Elle consulta son téléphone. Toujours rien du côté de la Duchesse. Était-ce bon ou mauvais signe ?

Elle gagna l'aile des invités. La porte de la nurserie étant ouverte, elle s'immobilisa sur le seuil. Dos tourné, Rez ne l'avait pas entendue arriver parce qu'elle était toujours pieds nus. Il tenait Evi dans ses bras et lui chantait une berceuse. Beatrix hésita. Elle aurait dû manifester sa présence, mais impossible de se résigner à gâcher un moment aussi précieux. Qui savait que Rez avait une aussi belle voix ? Pas elle, en tout cas. Pendant toutes les années où elle l'avait côtoyé, elle ne l'avait jamais entendu chanter. Evi semblait envoûtée.

Rez se mit à tournoyer doucement et il vit Beatrix. Au lieu d'arrêter de chanter comme elle s'y attendait, il continua en la regardant. Elle sentit sa gorge se nouer. Il n'y avait rien de plus émouvant que Rez avec un bébé dans les bras. Il semblait fait pour ça. Et sa fille avait un sourire extasié. Dire qu'elle ne connaîtrait jamais ça… Elle sentit des larmes lui piquer les yeux. Impossible de pleurer devant lui. Elle tourna les talons et s'éloigna à grands pas.

— Bea, attends !

Elle accéléra le pas en s'essuyant les joues. Pourquoi lui proposait-il de venir parler avec lui dans la nurserie si c'était pour chanter des berceuses ? Ne comprenait-il pas qu'ils devaient discuter de choses importantes ?

Qu'est-ce que… ?

Il avait été marié, il avait une fille, mais il ne comprenait toujours pas les femmes. Dire qu'il trouvait que Bea et lui avaient passé une bonne soirée… Pour lui, ça avait mal commencé, mais il avait réussi à se détendre après l'arrivée de Bea. Il avait apprécié la visite en sa compagnie et il était persuadé qu'elle y avait pris autant de plaisir que lui. Dans le couloir, il la regarda s'éloigner d'une démarche raide. Que s'était-il passé ? Un commentaire posté sur Internet à leur propos ou qui concernait son frère ?

— Bea, attends ! S'il te plaît.

Elle ne lui lança même pas un coup d'œil par-dessus son épaule avant de disparaître au coin du couloir.

— Monsieur, tout va bien ?

Mme Wilson le rejoignit, la mine inquiète.

— Je… Il faut que je parle à la princesse. Pourriez-vous prendre Evi ?

— Bien sûr.

— Merci.

Dès que sa fille fut en sécurité dans les bras de la nurse, Rez partit en courant à la poursuite de Bea. Il fallait qu'il sache ce qui lui était arrivé. Mais où était-elle allée ? Il n'en avait aucune idée. Le mieux était d'aller voir si elle était dans son appartement. Il frappa à sa porte quelques instants plus tard, mais elle ne répondit pas. Il attendit un instant, puis recommença.

— Bea, c'est moi. Ouvre !

La porte s'ouvrit à la volée.

— Qu'est-ce que tu veux ?

Il recula d'un pas. Pourquoi ce ton hostile ? Que se passait-il ? Lui était-il arrivé quelque chose quand elle avait quitté la galerie toute seule ?

— Voir comment tu vas. Pourquoi es-tu partie brusquement ?

Il aurait aimé savoir pourquoi elle semblait lui en vouloir, mais mieux valait éviter de poser la question. Il n'avait pas envie qu'elle sache que ses sentiments à son égard étaient importants pour lui.

— Tu étais occupé, répondit-elle, le regard fuyant.

— Tu aurais pu te joindre à nous. Si je me souviens bien, tu chantes plutôt bien.

Elle avait une très belle voix, mais pas question de lui dire ça non plus.

— Je ne voulais pas interrompre un moment d'intimité familiale.

— Tu étais la bienvenue. Mais à présent il n'y a plus que nous deux. Veux-tu que nous discutions ?

Elle hésita. Ça ne lui ressemblait pas, songea-t-il aussitôt. Et elle ne l'avait même pas invité à entrer. Pas de doute, il y avait un problème.

— Nous ferions peut-être mieux d'attendre demain matin, finit-elle par répondre.

Il la considéra avec une perplexité croissante. Pourquoi ce soudain changement d'attitude ? Jusque-là, elle n'avait cessé d'insister pour qu'ils préparent les phases de leur plan afin de mieux duper les paparazzis... Tout à coup, il fut assailli par une vive inquiétude.

— Istvan et Indigo ont annulé leur mariage ?

— Quoi ? Non ! Pourquoi cette question ?

Il soupira tout en se balançant d'un pied sur l'autre.

— Alors je ne comprends pas.

— Tu ne comprends pas quoi ?

Il poussa un nouveau soupir.

— Je ne comprends pas pourquoi tu fais tout à coup

marche arrière, alors que jusque-là tu tenais à ce que nous jouions la comédie pour les médias.

— Je ne fais pas marche arrière.

— Alors ne devrions-nous pas discuter ?

Ding.

Bea s'éloigna pour prendre son téléphone.

— C'est un nouveau post des *Confidences de la Duchesse.*

Il franchit le seuil de son appartement.

— Que dit-il ?

— Laisse-moi le temps de l'afficher.

Elle se mit à lire pour elle-même.

— Lis tout haut.

— Le titre c'est :

Un mariage compromis

Ce n'était pas bon. Pas bon du tout. Il n'était pas du genre à s'inquiéter, mais il fallait reconnaître que la situation s'aggravait. Bea poursuivit sa lecture.

Comme prévu, voici les dernières informations concernant le prince Istvan et sa fiancée. La Duchesse tient de source sûre qu'ils ne sont plus à Rydiania. Indigo aurait pris la fuite et le prince serait parti à sa recherche.

Bea interrompit sa lecture et s'exclama :

— Comment savent-ils ça ?

— Est-il possible qu'ils aient un informateur au sein du palais ?

Décidément, c'était de plus en plus inquiétant, songea Rez. Il était déjà assez pénible de mener une vie très médiatisée sans avoir en plus à craindre d'être espionné chez soi. Même si le chez-soi en question était un palais…

— Je ne sais pas, répondit Bea. Je n'y ai jamais pensé.

Je sais que tous les employés doivent signer un accord de confidentialité très strict.

— Que dit la suite ?

Si cette fuite ne signifie pas que le mariage est annulé, que peut-elle bien cacher ?

En attendant la réapparition du prince… et peut-être d'Indigo, la Duchesse a d'autres nouvelles pour vous. Le duc de Kaspar a de nouveau été vu en public. Cette fois à la galerie Durand…

Rez se raidit. Il détestait être sous les projecteurs. S'il n'avait pas une dette énorme envers son meilleur ami, il cesserait immédiatement de participer à cette comédie.

Après avoir fait son retour dans la société, il semblerait qu'il n'ait pas l'intention de s'arrêter en si bon chemin. Ce soir, il a été vu en train de parler à de nombreuses femmes. Curieusement, il était si absorbé dans ces conversations qu'il n'a pas eu le temps d'adresser la parole à un seul homme. Est-ce un hasard ? Ou bien est-il à la recherche d'une nouvelle duchesse ?

Bea leva vers lui un regard contrit.

— Je suis désolée.

Il écarta ses excuses d'un geste désinvolte de la main, alors que ces commentaires remuaient le couteau dans la plaie.

— Tu n'es pas responsable de ce qu'écrit cette horrible femme.

— Je ne suis pas obligée de poursuivre.

— Si, je t'en prie.

Après une hésitation, Bea reprit sa lecture.

Mesdames, c'est le moment de sortir. Qui sait où le duc est susceptible de faire sa prochaine apparition ?

Apparemment, il n'a pas encore jeté son dévolu sur quelqu'un en particulier. Enfin…

Il est vrai qu'il a passé la plus grande partie de la soirée à faire le tour de la galerie avec la princesse Beatrix au bras. Mais est-ce le début d'une nouvelle romance ? Ou, plus probablement, les retrouvailles de deux vieux amis ?

Beatrix poussa un cri aigu.

— Que se passe-t-il ?

— Ça marche ! répondit-elle avec un sourire radieux.

— Tu trouves ?

Elle hocha la tête et lui tendit son téléphone. Sur la photo affichée, ils ne fronçaient les sourcils ni l'un ni l'autre. Ils étaient visiblement en train de discuter d'un tableau. La photo ne suggérait ni une complicité amoureuse ni une hostilité quelconque. C'était une photo neutre.

— À partir de maintenant, il va falloir y aller crescendo, déclara-t-elle.

— Que veux-tu dire ?

— Cette photo est un peu trop sage. La prochaine devra être plus ambiguë. Pour semer le doute progressivement. Souviens-toi que nous sommes censés détourner l'attention des problèmes d'Istvan. Plus on parlera de nous, moins on s'interrogera sur le mariage d'Istvan.

— Que dit la suite ?

— Pas grand-chose.

Y aura-t-il bientôt un mariage princier ? Comme vous, j'aimerais bien connaître la réponse. À la place des communiqués du palais, je préférerais avoir des nouvelles directes des fiancés parce que j'ai des questions pour eux. Beaucoup de questions.

D'ici là, nous avons au moins le sémillant duc de Kaspar pour nous distraire et nous tenir en haleine jusqu'à ce qu'il choisisse une nouvelle duchesse. Qui sera l'heureuse élue ?

À suivre…

Rez serra les poings. Il ne supportait pas que sa vie privée fasse l'objet de conjectures dans les médias. En fait, il faudrait qu'il se remarie. Non seulement Evi avait besoin d'une mère, mais ce serait le meilleur moyen de mettre fin aux spéculations. Oui, mais il n'était pas prêt…

Jamais elle n'avait été aussi heureuse d'être interrompue au milieu d'une discussion par l'arrivée d'un post des *Confidences de la Duchesse* ! Celui-ci avait détourné l'attention de Rez de sa fuite éperdue de la nurserie.

— Notre plan commence à porter ses fruits mais je n'ai rien de prévu pour demain, déclara-t-elle.

— Que veux-tu dire ?

— Il n'y a aucune inauguration, aucun événement sportif, aucune réception.

— Dans ce cas, nous allons organiser notre propre événement.

Elle considéra Rez avec surprise. Elle qui croyait qu'il serait soulagé de ne pas avoir à jouer la comédie pendant toute une journée…

— Qu'as-tu en tête ?

— Laisse-moi réfléchir et je te dirai ça. Je te promets qu'il ne sera pas question que je chante.

Elle fut assaillie de remords. Même si elle n'avait pas envie de lui donner des explications sur sa fuite, elle lui devait des excuses.

— Je suis désolée pour tout à l'heure. Ce n'était pas ta façon de chanter. Je te le promets.

Prenant conscience qu'ils étaient toujours debout dans l'entrée, elle ajouta :

— Viens t'asseoir.

Ils gagnèrent le salon, dans lequel il y avait deux grands canapés blancs et deux fauteuils pourpres. Elle s'assit sur un canapé et Rez dans un fauteuil. Il scruta son visage.

— Pourquoi étais-tu aussi contrariée ?

Elle détourna les yeux.

— C'était juste... le fait que les gens sont prêts à croire tous les mensonges qu'on raconte au sujet d'Indigo. Au point d'essayer de vandaliser ses œuvres, tu te rends compte ? Comment peut-on faire une chose pareille ?

Rez se détendit visiblement et se cala dans son siège.

— Je ne sais pas. Je me suis posé la question moi aussi. Ce n'est pas fréquent à Rydiania.

— C'est ce que je me disais. Les incivilités et les mouvements de protestation sont rares. C'est sans doute un cas isolé.

En tout cas, elle trouvait cette idée moins inquiétante que l'hypothèse de troubles prêts à éclater dans le pays...

— Qu'ont dit tes parents à ce sujet ?

— Je ne leur en ai pas parlé. Je me suis dit qu'ils avaient déjà assez de problèmes à régler. Et mon père n'étant pas en bonne santé, je n'ai pas voulu l'inquiéter.

Rez approuva d'un hochement de tête.

— Si c'est un cas isolé, que penses-tu faire ? Prévenir la police du royaume ?

— Pas encore.

Elle leva le doigt pour lui faire signe d'attendre et se leva pour aller fermer la porte du salon.

— D'abord, je voudrais découvrir s'il y a vraiment un espion au sein du palais, dit-elle en se rasseyant.

Il écarquilla les yeux.

— Tu veux le débusquer ?

— Oui.

— Ça me semble être une très mauvaise idée.

— Pourquoi ? Tu dirais la même chose si c'était mon frère qui l'avait suggéré ?

Rez ouvrit la bouche, puis la referma sans répondre.

— C'est bien ce que je pensais, commenta-t-elle avec un soupir agacé.

Depuis toujours, Rez et son frère estimaient qu'elle avait besoin d'être protégée.

— Et comment comptes-tu t'y prendre ?

— Laisse-moi réfléchir.

— Je crois qu'il va te falloir un bon moment pour trouver une bonne idée.

Mieux valait ignorer cette réflexion, décida-t-elle. Il fallait trouver un potin assez croustillant pour que l'espion le transmette aux *Confidences de la Duchesse* à coup sûr. Pas quelque chose concernant Rez, bien sûr. Il n'appréciait pas du tout les commentaires sur sa vie privée. Ce qui était d'autant plus compréhensible qu'il était en deuil. Elle était prête à se dévouer, mais elle n'arrivait pas à trouver une histoire assez intéressante pour être publiée par la Duchesse.

Restaient Istvan et Indigo. Elle n'avait pas très envie de se servir d'eux, mais après tout ce serait peut-être l'occasion d'inventer une bonne nouvelle qui clouerait le bec à leurs détracteurs. Oui/ Plus elle y pensait, plus cette idée lui semblait bonne.

— Oh non ! grogna Rez. Cette mine ne me plaît pas du tout.

— Quelle mine ?

— Celle qui dit que tu as trouvé une idée. J'ai le pressentiment que je vais la détester.

— « Détester » me paraît un peu trop fort.

— Ça promet... Dis-moi ce que c'est.

— Il faut faire circuler une nouvelle assez importante pour mériter un post sur le site de la Duchesse, mais qui soit positive pour la famille royale.

Il réfléchit un instant.

— Ça me paraît raisonnable. Mais laquelle ?

— Qu'Indigo ne s'est pas enfuie mais qu'Istvan et elle sont juste partis ensemble quelques jours pour souffler un peu.

— Tu crois que c'est une bonne idée, vu les circonstances ?

Elle haussa les épaules.

— Je ne vois pas à qui ça pourra nuire quand la vérité sera connue, à part à la crédibilité de l'espion et de la Duchesse.

— Tu as l'intention de mettre tes parents au courant ?

— Je n'en vois pas la nécessité. S'il n'y a pas d'espion au palais, ça n'aura pas grande importance. Mais s'il y en a un, il se trahira.

— Comment sauras-tu qui c'est ?

— Ça, je l'ignore encore. Mais au moins nous aurons la confirmation qu'il existe.

— Et de quelle manière comptes-tu faire circuler cette information dans le palais ?

— Il va falloir en parler devant le personnel.

— Il y a beaucoup d'employés, ici. Des centaines. Comment vas-tu pouvoir parler devant tout le monde ?

— Je ne pense pas que ce soit nécessaire. À mon avis, il suffit de laisser échapper l'information devant quelques-uns pour que la rumeur circule.

Devant l'air peu convaincu de Rez, Beatrix ajouta :

— Ne t'inquiète pas. Je m'en occuperai.

Il arqua les sourcils.

— Tu es vraiment décidée à le faire ?

— Oui.

— Je pense que c'est une erreur.

— Ça se voit.

Pourquoi doutait-il d'elle ? C'était vexant.

— Et en ce qui concerne notre... fausse relation ? demanda-t-il.

— Nous continuons. À quoi pensais-tu pour demain ?

Il se leva.

— Je te tiendrai au courant.

Elle le suivit alors qu'il se dirigeait vers la porte.

— C'est tout ? Tu ne vas pas m'expliquer ton plan ?

— Tu as beaucoup à faire de ton côté. Laisse-moi me charger de ça. Je te donnerai des détails demain matin.

Sur ces mots, il s'en alla. Beatrix resta un instant immobile devant la porte ouverte. Qu'avait-il en tête ? Devait-elle s'inquiéter ? En tout cas, il avait raison sur un point. Elle avait beaucoup à faire. Saisissant son téléphone, elle quitta son appartement à son tour.

9

En réalité, il n'avait pas de plan.

Juste le projet de passer une bonne journée.

Le lendemain à midi, Rez pilotait d'une main la poussette sur l'allée pavée du parc situé à l'orée de la petite ville. Dans l'autre main, il tenait un panier de pique-nique. Il était curieux de voir ce que la cuisine du palais leur avait préparé pour cette sortie. Avec un soleil éclatant et une légère brise, il ne faisait ni trop chaud ni trop froid. C'était une journée idéale pour une promenade. Il n'aimait pas qu'Evi reste enfermée toute la journée. C'était bien mieux pour elle de prendre l'air et d'explorer de nouveaux horizons quand le temps le permettait.

Il chercha un coin approprié. Au bout d'un moment, il finit par se décider pour une zone légèrement surélevée au milieu d'une pelouse. Oui, là, c'était parfait. Seuls quelques arbres parsemaient la pelouse, si bien que la vue était dégagée sur le reste du parc, avec un étang au loin.

— Qu'en penses-tu, Evi ? C'est un bon endroit pour un pique-nique ?

— Ça me semble idéal.

La voix de Bea le fit tressaillir. Il se retourna.

— Tu es arrivée rapidement.

— Ce n'est pas très loin du palais, répondit-elle en souriant. Et en plus, on m'a déposée en voiture.

— Tu ne pouvais pas faire le trajet à pied ?

— J'aurais pu, mais je ne voulais pas arriver en retard. Je ne savais pas ce que tu avais en tête.

— Tu veux bien m'aider à étaler la couverture ? demanda-t-il en prenant le plaid rouge plié sur le panier du pique-nique.

Elle l'aida tout en jetant des coups d'œil autour d'elle.

— Je ne vois personne.

Il plissa le front. Il n'avait pas envie que ce moment soit utilisé pour déclencher des rumeurs sur les sites people. Il voulait juste qu'ils passent une bonne journée tous les trois, ensemble.

— Arrête de guetter des spectateurs éventuels.

— Ce serait bien qu'il y en ait.

— Contente-toi de te détendre et essaie de passer un bon moment.

Devant le sourire contraint de Bea, il eut un pincement au cœur. Apparemment, passer du temps avec lui et sa fille juste pour le plaisir ne l'intéressait pas. Il aurait tant aimé retrouver leur complicité d'autrefois... Quand ils jouaient au ballon dans les prés au-delà du parc du palais. Quand elle était très jeune et qu'il recherchait tout le temps sa compagnie parce qu'ils s'amusaient beaucoup ensemble.

Tout ça paraissait si loin... Comme s'il avait vécu plusieurs vies entre cette époque et aujourd'hui. La vie d'un homme amoureux, persuadé d'être au début d'un mariage heureux. Puis la vie d'un veuf inconsolable, obligé de lutter chaque jour pour surmonter son chagrin afin d'être un bon père pour sa fille...

— Peux-tu me passer le panier ?

La voix de Bea arracha Rez à ses pensées.

— Bien sûr.

Il lui tendit le panier et, quand elle le prit, leurs doigts se touchèrent. Il reçut une décharge qui remonta le long de son bras avant de redescendre dans sa poitrine. Son cœur se mit à battre à grands coups. Bea avait-elle ressenti la même chose ? Il leva les yeux vers elle. Quand leurs regards se rencontrèrent, son cœur fit un bond dans sa poitrine. De toute évidence, elle avait éprouvé la même émotion. Ses yeux se posèrent sur sa bouche pulpeuse et il fut submergé par une envie irrépressible de l'embrasser. Comment réagirait-elle s'il pressait les lèvres contre les siennes ? La tentation était trop forte... Alors qu'il se penchait vers elle, Evi commença à s'agiter.

Le charme fut rompu et Bea écarta les doigts des siens. Leur contact lui manqua aussitôt, mais Evi s'agitait de plus en plus. Il détacha les sangles de sa poussette, l'installa sur le plaid, puis sortit de son sac des jouets qu'il posa à côté d'elle. Il jeta un coup d'œil à Bea. Elle vidait le panier, inhabituellement silencieuse. En dehors des petits pots pour Evi, il y avait un assortiment de fromages, de la viande, des sauces, une miche de pain croustillant et divers fruits mûrs à point. Tout cela était très tentant... mais pas autant que la femme assise à côté de lui. Sans qu'il le veuille, ses yeux se posèrent de nouveau sur les lèvres framboise. Aussi mûres que les fruits du pique-nique... Il détourna vivement les yeux. Que lui prenait-il ? Il était hors de question d'embrasser la sœur de son meilleur ami. D'autant plus que ça ne mènerait absolument à rien. Pourtant... Pourtant il mourait d'envie de la prendre dans ses bras et de capturer sa bouche. Ils commencèrent à manger en silence. À quoi pensait-elle ? Avait-elle le même genre de pensées que lui ? Elle promena le regard autour d'eux.

— As-tu passé un coup de téléphone anonyme aux médias pour les prévenir que nous serions ici cet après-midi ?

D'accord. Elle n'avait pas du tout les mêmes pensées que lui. Il s'éclaircit la voix.

— Non, mais s'il y a vraiment un espion au palais, il a dû s'en charger, non ?

— Chut…

Bea jeta un coup d'œil à un jeune couple qui marchait dans l'allée la plus proche et leur adressa un sourire. Une fois qu'ils furent passés, elle se tourna vers lui.

— Il faut être prudents. On ne sait jamais qui peut écouter.

Il la considéra avec surprise. Elle prenait vraiment très au sérieux cette histoire d'espion…

— As-tu pris des dispositions pour détecter l'origine de la fuite ?

— Oui, depuis hier soir.

— Et quelles sont-elles ?

Avait-il vraiment envie de connaître la réponse ? Il n'en était pas certain. Elle était capable de prendre des risques, et cette idée ne lui plaisait pas du tout.

— J'ai simulé une conversation téléphonique.

Il ne s'attendait pas à ça, mais au moins ça ne semblait pas trop dangereux.

— Avec qui ?

— Istvan. Et au cours de cette conversation, j'ai appris qu'Indigo ne s'était pas enfuie mais qu'ils étaient partis ensemble.

— Vraiment ?

Elle hocha la tête avec un sourire malicieux.

— Si la nouvelle est publiée aujourd'hui sur le site des *Confidences de la Duchesse*, ce sera la preuve qu'il y a bien un espion au palais.

Il avait vraiment du mal à y croire. Au palais, le processus de recrutement était très strict et les candidats à un poste devaient avoir de solides références. Il le savait parce qu'il avait embauché le personnel de sa propriété selon les mêmes critères. Il tenait lui aussi au respect de sa vie privée.

— Tu as regardé ?

— Oui, il n'y avait rien la dernière fois.

Elle prit son téléphone et se connecta au site. Une exclamation étranglée lui échappa.

— Qu'y a-t-il ? demanda avec inquiétude.

— Ça y est. L'information est publiée. Il n'y a plus de doute. Il y a un espion au palais.

Alors que Bea s'apprêtait à se lever, il lui saisit la main. Une nouvelle décharge le traversa. Sans l'avoir décidé, il caressa le dos de sa main du bout du pouce. Ce n'était qu'un simple contact furtif. Rien de spécial. Et pourtant, c'était comme si une part de lui-même endormie depuis longtemps venait de se réveiller. Quand il leva les yeux vers Bea, il ne vit pas son amie d'enfance mais la femme qu'elle était devenue. Avec ses immenses yeux bleus dans lesquels il aurait pu se noyer, ses pommettes hautes, saisissantes à présent que son visage s'était affiné, et puis ces lèvres pulpeuses qui semblaient faites pour être embrassées…

Elle se leva, l'arrachant à sa contemplation.

— Où vas-tu ? demanda-t-il d'une voix rauque.

— Je dois informer le roi. Il faut découvrir qui est l'espion et s'en débarrasser.

— Attends. Réfléchissons d'abord.

Lorsqu'elle se rassit, il lui lâcha la main à regret.

— Réfléchir à quoi ? C'est urgent. Nous ne pouvons pas garder un espion à l'intérieur du palais.

— Et si tu le laissais là où il est, au contraire ?

Elle plissa le front.

— Pourquoi ?

— Pour alimenter directement le site des *Confidences de la Duchesse* en fausses informations. Tu disposes d'un canal de transmission directe vers le site people le plus fréquenté du royaume. Pourquoi te priverais-tu de ce moyen de le neutraliser ?

Elle réfléchit avec une petite moue qui attira irrésistiblement son regard. Ses lèvres étaient décidément très tentantes. Il n'avait qu'une envie. La prendre dans ses bras et…

— Tu as raison. En fait, plus j'y pense, plus cette idée me plaît. Rez, tu m'as entendue ?

— Euh… oui.

Elle scruta son visage.

— Tu me regardais en fronçant les sourcils comme si je t'avais contrarié. Comme au match de polo. Qu'est-ce qui ne va pas ?

— Rien.

— Tu sais, tu as vraiment bien joué ce jour-là. Et tu semblais passer un très bon moment. Tu devrais songer à rejoindre l'équipe.

Oui, il avait passé un excellent moment à jouer au soleil sur son cheval favori. Mais il ne méritait même pas ce genre de plaisir simple. Il secoua la tête.

— Je ne peux pas.

— Pourquoi ?

Sous le regard scrutateur de Bea, il baissa les yeux.

— Ça n'a pas d'importance.

— Bien sûr que si. Surtout si c'est la même raison pour laquelle tu t'es isolé pendant aussi longtemps.

Pour fuir son regard, il se tourna vers Evi, la prit dans ses bras et lui donna un jouet.

— C'est une belle journée, éluda-t-il. Et le pique-nique était délicieux.

— Si tu t'imagines que tu vas t'en tirer aussi facilement… Je sais que tu as traversé des moments très difficiles et je veux comprendre.

Il se retourna vers elle et vit l'affection dans son regard. S'il le lui expliquait, elle comprendrait peut-être pourquoi il ne méritait pas de reprendre sa vie d'avant. Mais avait-il la force de parler ? Il baissa les yeux sur Evi, qui s'était endormie dans ses bras. La gorge nouée, il s'éclaircit la voix.

— Ce jour-là, je devais retrouver Enora et Evi pour le déjeuner. Tu ne peux pas savoir à quel point j'aimerais pouvoir refaire les choses. Différemment.

Bea lui pressa le bras et ce geste l'encouragea. Il était temps qu'il verbalise ce qui s'était passé ce jour-là.

— Le matin, Enora m'avait appelé et nous avions prévu de nous retrouver en ville pour déjeuner. Evi avait deux mois à l'époque, si bien qu'Enora passait beaucoup de temps à la maison avec elle. Ce jour-là, elle avait envie de s'aérer.

Il se souvenait de cette journée comme si c'était hier. À l'époque, il était associé dans un grand cabinet d'avocats.

— Mais quand l'heure du déjeuner est arrivée, j'ai été coincé par une visioconférence importante. Et je… j'ai commis l'erreur de faire passer mon travail avant ma famille.

— C'est pour ça que tu n'as pas repris le travail depuis ?

Il hocha la tête. La seule idée de retourner au bureau lui rappelait la pire journée de sa vie. Serait-il un jour capable de remettre les pieds dans le même cabinet ? Il n'en était pas certain. De toute façon, il n'était pas obligé de travailler. Il avait hérité de la fortune de sa grand-mère.

— Ce jour-là, j'ai décidé de poursuivre la visioconférence

au lieu d'aller retrouver ma femme et ma fille. Si... si j'avais tenu mon engagement envers Enora, rien ne serait arrivé.

Bea lui prit la main.

— Tu n'en sais rien.

— Si. Elle n'aurait pas traversé la rue à cet instant. Et si ton frère ne l'avait pas vue, je les aurais perdues toutes les deux, Evi et elle.

Il fut étreint par une vive souffrance qui lui coupa la respiration. Il dut attendre un moment avant de pouvoir de nouveau parler.

— Si ton frère n'avait pas écarté la poussette...

Il fut incapable de finir la phrase. Imaginer qu'il aurait pu perdre aussi Evi était insupportable. Quand il avait reçu le coup de téléphone au bureau, il avait cru que le sol s'ouvrait sous son fauteuil.

— Je me suis précipité à l'hôpital. Enora avait repris connaissance et j'ai pu lui parler très brièvement avant qu'on l'emmène pour l'opérer d'urgence. Elle s'est battue, mais...

Sa voix se brisa.

— C'est pour ça que tu as accepté de jouer cette comédie qui te pèse tant ? Parce que tu te sens obligé d'aider Istvan ?

Il hocha la tête.

— Je ne pourrai jamais m'acquitter de ma dette envers lui.

— Tu sais bien qu'il ne voit pas du tout les choses comme ça.

— Je ne peux pas imaginer ce que serait ma vie aujourd'hui s'il n'était pas intervenu. Ton frère est mon meilleur ami depuis toujours. Mais il n'aurait pas eu à intervenir si j'avais été là où j'aurais dû être. Je suis responsable de la mort d'Enora.

— Non. Le responsable, c'est ce jeune de vingt et un ans qui roulait trop vite. Tu n'y es pour rien. Et si Enora était là, c'est ce qu'elle te dirait elle aussi.

Oh ! comme il aurait aimé pouvoir croire Bea... Mais il y

avait cette petite voix qui ne cessait de lui répéter : *Si seulement tu avais tenu ton engagement, Evi aurait toujours sa mère.*

— Je suis désolée pour tout ce que tu as enduré. J'aurais dû venir te voir plus souvent. Mais je ne savais pas quoi dire ni quoi faire. Je le regrette amèrement. Je n'ai pas été une véritable amie.

Bea baissa la tête. Il lui prit le menton et l'obligea à le regarder dans les yeux.

— Tu es une amie fantastique. Je ne sais pas si j'aurais pu sortir de chez moi et reprendre une vie sociale si tu n'avais pas été à mon côté ces jours derniers. Tu m'as beaucoup facilité les choses. J'ai une chance incroyable de t'avoir dans ma vie.

Elle sourit.

— C'est moi qui ai de la chance.

Le pensait-elle sincèrement ? Elle était heureuse de l'avoir dans sa vie ? Il sentit les battements de son cœur s'accélérer. Ses yeux se posèrent sur les lèvres framboise qui brillaient sous les rayons du soleil. Il n'aurait pas dû les regarder. Il n'aurait pas dû mais il ne pouvait pas s'en empêcher. Bea était comme un phare qui le guidait pour le ramener sur la terre des vivants. Il était attiré par elle comme il ne l'avait jamais été par personne.

Sans se préoccuper de l'endroit où ils se trouvaient ni de qui pouvait les voir, il se pencha sur elle. Son cœur battait si fort qu'il résonnait dans ses oreilles. Ses lèvres se posèrent sur celles de Bea et il l'embrassa avec une douceur et une lenteur infinies. Il voulait savourer pleinement cet instant spécial, aussi longtemps que Bea le permettrait. C'était comme si son sang se remettait à couler dans ses veines, comme si une chaleur bienfaisante se répandait dans son cœur. Il se sentait de nouveau vivant. Ce baiser lui rappelait tout ce qui lui avait manqué sans qu'il en ait conscience. Il aurait voulu que ce moment dure toujours…

Evi s'agita et il s'écarta de Bea à regret. Il faillit s'excuser de l'avoir embrassée mais il se ravisa. Comment pourrait-il s'excuser alors qu'il ne regrettait rien ? Il avait même très envie de recommencer. Mais était-ce judicieux ? Ne valait-il pas mieux en rester là, pour l'un comme pour l'autre ?

Bea lui dit quelque chose, mais il était tellement absorbé dans ses réflexions qu'il n'entendit que des sons indistincts. Son envie de l'embrasser encore gagnait la bataille. Il suffirait de se pencher un peu…

— Il faut que j'y aille, dit-elle en se levant.

Il la saisit par le bras.

— Ne t'en va pas.

Elle dégagea son bras.

— Ça n'aurait pas dû arriver.

— Tu as raison, reconnut-il à contrecœur. Pouvons-nous mettre ça sur le compte d'un égarement passager ?

Il devait y avoir un moyen de reprendre des relations normales, en faisant comme si rien ne s'était passé. S'il y avait vraiment un espion au palais et s'il laissait Bea se débrouiller seule, elle pouvait prendre des risques inconsidérés. Il devait la protéger. Mais pourquoi ne répondait-elle pas ?

— C'était juste un baiser, reprit-il d'un ton désinvolte, comme s'il était dans ses habitudes d'embrasser toutes les jolies femmes qui croisaient son chemin. Et de toute façon, nous étions censés le faire un jour ou l'autre devant les objectifs, non ?

Elle hocha la tête en silence.

— Eh bien, à présent, nous sommes débarrassés de la gêne du premier baiser, ajouta-t-il.

Sauf qu'il n'y avait pas eu de gêne dans ce baiser. Pas une seconde…

— Et quand nous recommencerons devant des photographes, ça paraîtra naturel, conclut-il.

Elle scruta son visage d'un air perplexe. Croyait-elle la fable qu'il venait d'inventer ? Il fallait l'espérer. Il n'avait aucune envie de se pencher sur ses véritables motifs.

— C'est la seule raison pour laquelle tu m'as embrassée ?

— Oui, prétendit-il, un peu trop vite.

Bea se rassit sur le plaid. Trop silencieuse. Que pensait-elle ? Il dit encore quelques banalités pour meubler le silence, puis il se tourna vers sa fille qui était réveillée et prête à jouer. Il lui tendit sa balle bondissante rose, qu'elle lança vers lui. Il la lui renvoya en la faisant rouler sur le plaid. Evi l'attrapa en riant et la fit rebondir avec une force qu'il ne lui avait encore jamais vue, au point qu'il ne parvint pas à la rattraper. La balle commença à rouler sur la pelouse en pente et la lèvre inférieure d'Evi se mit à trembler. Une grosse colère s'annonçait. Quand elle était contrariée, sa fille n'avait pas peur d'exprimer son mécontentement.

Avant qu'elle ait le temps de pousser le premier hurlement, il sortit de son sac sa peluche préférée. C'était un ours blanc avec un nœud papillon rose, et Rez avait appris très tôt qu'ils ne pouvaient pas quitter la maison sans l'emporter. Il le lui tendit mais elle le repoussa. Son regard suivait toujours la balle.

— Tu peux la surveiller un instant ? demanda-t-il à Bea en se levant.

Celle-ci ouvrit de grands yeux.

— La surveiller ?

— Je vais chercher sa balle.

Tandis qu'il s'éloignait à grandes enjambées, Evi se mit à

crier. Il entendit Bea lui parler d'une voix douce et sa fille se calma aussitôt. Avec un sourire ravi, il continua d'avancer sans se retourner. Il imaginait bien sa fille dans les bras de Bea, charmée par ce que celle-ci lui racontait. Dire qu'il avait cru que Bea n'aimait pas Evi... C'était stupide. Qui aurait pu ne pas l'aimer ? Elle était si vive et si joyeuse ! Son rire éclatant était contagieux. Il aimait penser que c'était de lui qu'elle tenait sa nature extravertie, mais il fallait reconnaître que depuis la mort d'Enora, il s'était replié sur lui-même. Ces derniers jours, la compagnie de Bea lui avait fait retrouver un peu de sa joie de vivre. Aujourd'hui, il sentait vraiment le soleil sur son visage. Il n'avait plus l'impression de se traîner péniblement pour tenter d'arriver au bout de la journée. Aujourd'hui, il se sentait de nouveau lui-même. C'était à Bea et à Evi qu'il devait d'avoir traversé les nuages. Si elles s'entendaient bien, cette sortie pourrait être la première d'une longue série.

Il retrouva la balle et la ramassa. Mais quand il se retourna, Evi n'était pas dans les bras de Bea comme il s'y attendait. Elles étaient toujours assises à bonne distance l'une de l'autre, et Bea préférait se pencher en étirant le bras pour tendre sa peluche à Evi plutôt que de se rapprocher d'elle. C'était incompréhensible. Pourquoi gardait-elle ses distances ? N'aimait-elle pas les enfants ? Cette pensée lui noua l'estomac. L'idée que Bea pourrait ne pas s'attacher à sa fille ne lui avait jamais traversé l'esprit. Quelle déception... Quand il les rejoignit, Evi s'agita. Il consulta sa montre. C'était l'heure de son goûter. Il sortit un biberon de son sac et il eut une idée.

— Si tu lui donnais son biberon ? dit-il en se tournant vers Bea.

Elle secoua vivement la tête.

— Non, je ne crois pas que ce soit une bonne idée.

— Mais si. Elle sera ravie et ça vous rapprochera.

Elle écarta le biberon d'un geste.

— Non. Je... je ne peux pas.

« Je ne *peux* pas » ? Qu'est-ce que ça voulait dire ?

— Je vais te montrer.

Tout à coup, il fut frappé par l'éclat étrange du regard de Bea. Étaient-ce des larmes dans ses yeux ? Elle se détourna.

— Non. Je... Il faut que j'y aille.

Sans attendre de réponse, elle se leva et s'éloigna sans un regard en arrière. Evi réclama son biberon et il reporta son attention sur elle, au comble de la perplexité. Pourquoi Bea réagissait-elle ainsi ? Cette fois, il n'y avait plus de doute. Elle n'aimait pas les enfants. Cette révélation fit à Rez l'effet d'un coup de poing dans l'estomac. Et lui qui commençait à se dire que Bea pourrait être une mère parfaite pour Evi...

10

Que lui avait-il pris ?

Pourquoi avait-elle répondu à son baiser ?

Beatrix quitta le parc à grands pas. Quand ses gardes du corps lui proposèrent de la raccompagner au palais en voiture, elle refusa d'un geste. Elle avait besoin d'un moment de solitude pour réfléchir. Rez prétendait l'avoir embrassée pour qu'ils soient débarrassés de la gêne du premier baiser, mais elle n'en croyait pas un mot. Ce baiser n'avait rien eu de désinvolte. Il avait été d'une tendresse infinie et plein d'émotion. Mais cette émotion était-elle liée au souvenir de sa femme ? Après tout, juste avant, il venait de lui expliquer qu'il s'estimait responsable de la mort d'Enora. Il avait embrassé ses lèvres à elle, mais c'était sa femme qui occupait son esprit.

C'était ce baiser inattendu qui l'avait poussée à partir précipitamment. Pas la petite Evi. Elle était si adorable... Beatrix eut beau faire des efforts, elle ne parvint pas à se convaincre que c'était seulement le baiser qui l'avait perturbée. Pourquoi se mentir ? Rien ni personne ne l'effrayait plus que ce bébé adorable. Evi lui rappelait ce manque qui l'accompagnerait toute sa vie. Si elle la prenait dans ses bras, elle craignait que la souffrance soit trop vive.

Il était temps de renoncer au plan initial. Elle était incapable de poursuivre cette comédie. Feindre une relation sentimentale avec Rez était au-dessus de ses forces. Il fallait trouver un autre moyen de faire diversion. Perdue dans ses pensées, elle entra dans le palais par la porte de service et faillit se heurter à des employés qui transportaient du linge pourpre, couleur sélectionnée pour la décoration du mariage. Apparemment, les préparatifs se poursuivaient. Pourvu que les futurs mariés rentrent bientôt ! Tout en se dirigeant vers son appartement, elle sortit son téléphone de sa poche. Il était beaucoup plus facile de reporter son attention sur les problèmes des autres que de penser aux siens. Elle envoya un message à son frère.

Quand rentrez-vous ?

La réponse arriva aussitôt.

Pourquoi ?

Parce que votre absence ne passe pas inaperçue et que le mariage est imminent.

Tu ne peux pas inciter tout le monde à attendre encore un peu ?

Je vais essayer. Mais dépêchez-vous quand même.

Je fais de mon mieux.

Si je peux faire quoi que ce soit, n'hésite pas à m'envoyer un message.

Elle arriva dans sa chambre. Son grand lit, avec ses oreillers confortables, était très tentant. Elle n'avait qu'une envie : s'allonger, se plonger dans un roman et oublier tout le reste. Et après tout, qu'est-ce qui l'en empêchait ? Elle enleva ses chaussures et se laissa tomber sur son lit, savourant le moelleux de ses oreillers. Enfin, elle parvenait à respirer à peu près normalement ! Elle prit sa liseuse électronique sur la table de chevet. Si elle s'écoutait, elle resterait ici jusqu'à la fin de la journée.

Elle consulta la liste de titres disponibles. D'ordinaire, elle lisait des romans sentimentaux, mais cet après-midi elle n'était pas d'humeur… Elle choisit un thriller. Avec un peu de chance, le suspense lui ferait oublier ses problèmes. Arrivée à la fin de la première page, elle fut obligée de recommencer. Elle n'avait pensé qu'à Rez et à son regard pénétrant. Personne ne l'avait jamais troublée à ce point. Il suffisait qu'il lui lance un coup d'œil pour que son cœur s'affole. Et puis il y avait son adorable petite fille avec son rire contagieux et ses fossettes irrésistibles...

Beatrix poussa un soupir exaspéré. Elle avait de nouveau perdu le fil... et elle n'était qu'au tout début !

On frappa à la porte. Si elle faisait comme si elle n'avait pas entendu ? Elle n'avait envie de parler à personne. Peut-être que si elle restait silencieuse, celui ou celle qui venait de frapper s'en irait... On frappa de nouveau.

— Votre Altesse ?

Elle soupira. Elle posa sa liseuse, se leva et alla ouvrir. Une des dames d'honneur de la reine s'inclina devant elle.

— Votre Altesse, la reine souhaite vous voir dans son bureau.

— Tout de suite ?

Elle n'était pas d'humeur à discuter avec sa mère. La plupart du temps, leurs conversations portaient sur un problème à résoudre, et cette fois ce serait sûrement le mariage.

— Oui, Votre Altesse. Je vais lui dire que vous arrivez.

Beatrix suivit des yeux la dame d'honneur qui s'éloignait dans le couloir, sans même avoir attendu sa réponse... Il allait de soi qu'on ne pouvait pas refuser de répondre à une convocation du roi ou de la reine. Elle ferma la porte en soupirant, puis se rendit dans la salle de bains pour se recoiffer, se repoudrer et retoucher son eye-liner. Si elle n'était pas impeccable, sa mère le lui ferait remarquer. Après un dernier coup d'œil dans le miroir, elle retourna dans sa chambre et enfila ses chaussures.

Lorsqu'elle arriva au bureau de sa mère, on la pria d'attendre que la secrétaire demande à la reine si elle était prête à la recevoir. En principe, elle n'avait pas besoin d'être annoncée quand elle venait voir sa mère, mais afin de préserver le prestige de la couronne, ses parents faisaient de leur mieux pour respecter le protocole en vigueur depuis des générations. Au moins, ce serait une entrevue en tête à tête. Elle n'était pas prête à se retrouver devant sa sœur. Ou pire encore, devant Rez ! Et avec un peu de chance, sa mère ne la retiendrait pas longtemps. Quelques instants plus tard, on la fit entrer dans le bureau. La reine semblait de bonne humeur. Comme à son habitude, elle ne souriait pas, mais ses traits étaient détendus.

— Que se passe-t-il ? demanda Beatrix.

La reine signa un document, puis se cala dans son fauteuil.

— Je voulais discuter du plan qui vous concerne, Rez et toi.

— Moi aussi, je voudrais en discuter.

Juste à cet instant, Beatrix entendit la porte s'ouvrir derrière elle. Elle réprima un soupir. Cette interruption tombait mal. Elle était sur le point d'annoncer qu'elle ne pouvait plus continuer à feindre d'avoir une relation avec Rez. Elle joignit les mains, attendant que la secrétaire annonce la raison de cette interruption.

— J'espère que je ne suis pas en retard.

La voix familière la fit tressaillir. *Rez ?* Que faisait-il là ? Elle résista à l'envie de se retourner. Sa présence n'allait pas l'empêcher de dire ce qu'elle avait à dire. Il était temps d'arrêter cette comédie.

Que faisait Bea ici ?

Rez se figea sur le seuil du bureau. Quand il avait appelé la secrétaire de la reine pour solliciter un entretien, il s'attendait à ce que celui-ci se déroule en privé. Et qu'il soit bref. Mais en fonction de ce que Bea aurait à dire, il risquait de se prolonger. Ce qui ne l'arrangeait pas du tout. Il avait prévu d'être de retour chez lui avant l'heure du coucher d'Evi, puis de reprendre sa vie normale. Mais comment sa vie normale allait-elle lui paraître à présent qu'il avait recommencé à sortir ? se demanda-t-il soudain. En fait, ses amis allaient lui manquer. Le polo également. Tout ce qui pouvait le distraire de ses remords allait lui manquer. Il avança dans le bureau. La présence de Bea ne l'empêcherait pas de dire ce qu'il avait à dire. La comédie qu'ils étaient censés jouer tous les deux avait assez duré, entre autres parce qu'elle ne servait à rien. Il fallait se rendre à l'évidence. Si Istvan et Indigo n'étaient pas encore de retour à une semaine du mariage, il n'y aurait pas de mariage.

Bea regardait droit devant elle, le dos raide et le menton relevé. Elle ne lui avait pas accordé un seul regard. Pourquoi ? Si son attitude avait quelque chose à voir avec sa fille, il était vraiment temps qu'il quitte le palais pour rentrer chez lui. Comment Bea pouvait-elle ne pas aimer Evi ? C'était insensé. La reine tourna son attention vers lui et il s'inclina brièvement. Était-elle de bonne humeur ou non ? C'était difficile à dire. Tous les membres de la famille royale avaient appris à masquer leurs émotions.

— Je suis heureuse que vous soyez là tous les deux. J'ai des nouvelles. Mais d'abord, Rez, tu voulais me parler ?

Quelles nouvelles ? se demanda-t-il. Allait-elle leur annoncer que leur comédie n'avait eu aucun résultat ? Ou, pire encore, qu'ils avaient été percés à jour ? Ce serait très fâcheux. Il n'aimerait pas que la reine s'imagine qu'il fuyait les ennuis. Il n'avait jamais été lâche et il avait sa fierté. Alors qu'il hésitait à répondre, Bea se tourna vers lui avec un regard interrogateur. Il déglutit péniblement. Mieux valait attendre de connaître les dernières nouvelles avant de leur annoncer sa décision.

— Ça peut attendre.

— Très bien.

La reine prit un journal posé sur son bureau.

— J'ai reçu un exemplaire de l'édition de demain. Vous pouvez être satisfaits, vos efforts ont porté leurs fruits.

Elle retourna le journal et le fit glisser sur le bureau.

— Je suis très heureuse que vous ayez pris cette mission aussi à cœur.

Lorsque Bea s'approcha du bureau pour regarder le journal de plus près, il ne put s'empêcher d'en faire autant. Une grande photo de Bea, Evi et lui installés sur le plaid dans le parc s'étalait sur un quart de la page. Comment les paparazzis avaient-ils réussi à la prendre ? Il n'avait vu personne s'approcher suffisamment... Mais il était vrai qu'avec un puissant téléobjectif n'importe quel photographe avait pu prendre ce cliché de loin, dissimulé derrière un arbre ou une haie. Il remarqua alors la légende de la photo.

Pique-nique en famille

En effet, on pouvait les prendre pour une famille, tous les trois. Evi jouait avec sa balle rose. Et Bea la regardait en souriant. *Bea la regardait en souriant ?* Il se pencha pour mieux voir. Oui, pas de doute. Bea souriait. Qu'est-ce que ça signifiait ? Il n'y comprenait plus rien...

— Comme vous pouvez le voir, le pays s'intéresse de près à vous deux. Dans ce numéro, le mariage n'a droit qu'à un entrefilet. En temps normal, ce serait un problème, mais étant donné les circonstances, c'est au contraire une bénédiction. Je voulais donc vous remercier tous les deux et vous demander de poursuivre cet excellent travail pendant encore un moment.

La reine se tourna vers lui.

— À présent, qu'avais-tu à me dire, Rez ?

Que devait-il faire ? Il ne pouvait pas quitter le palais tant qu'il n'aurait pas compris ce qui se passait avec Bea. Elle avait des attitudes si contradictoires… Il ne savait pas quoi penser. Et puis il était toujours redevable envers Istvan.

— J'espère qu'Istvan et Indigo vont bientôt revenir. Parce que si je suis prêt à continuer à leur apporter mon aide, je crains que notre ruse soit bientôt découverte.

— Moi aussi, j'ai quelque chose à dire, intervint Bea. Cette comédie est trop éprouvante. Elle ne peut pas continuer.

La reine hocha la tête.

— Je comprends que ce soit pesant pour tous les deux. Personne ne sert d'appât aux paparazzis de gaieté de cœur, mais ce sera bientôt terminé. Je viens d'avoir Istvan au téléphone. Indigo et lui rentrent demain.

Enfin ! Rez se détendit. Ils allaient bientôt pouvoir reprendre une vie normale. Séjourner au palais n'était pas désagréable, mais un peu trop stressant à son goût. Il lança un coup d'œil à Bea. Elle gardait le silence mais son dos était moins raide. De toute évidence, elle était soulagée à l'idée que la comédie prendrait bientôt fin. D'ailleurs, n'avait-elle pas dit que celle-ci était trop éprouvante ? Contre toute attente, il sentit son cœur se serrer. Autrefois, Bea était très amoureuse de lui. Il le savait. Tout le monde le savait.

À l'époque, il appréciait beaucoup sa compagnie, mais elle était trop jeune pour lui. Puis il avait rencontré Enora et il s'était marié. Aujourd'hui, Bea ne l'aimait plus. Pourquoi ? Qu'est-ce qui avait changé ? Question stupide, se dit-il aussitôt. Tout avait changé depuis leur jeunesse insouciante. Ils étaient devenus adultes. Cependant, il y avait eu des changements plus profonds qui avaient poussé Bea à élever une barrière entre eux. S'il voulait comprendre ce qui avait changé, il fallait qu'il parvienne à franchir cette barrière.

— C'est fantastique, commenta-t-elle d'un ton joyeux. Est-ce que ça veut dire qu'ils ont résolu tous leurs problèmes ?

— Je l'espère, répondit la reine. Nous n'avons pas parlé longtemps. Pour l'instant, il est nécessaire que Rez et toi continuiez à détourner l'attention des médias. Nous ne pouvons pas prendre le risque que ceux-ci effraient de nouveau Indigo.

— Mais...

— Nous sommes prêts à continuer à apporter notre aide, coupa Rez sans réfléchir.

Bea le foudroya du regard.

— Pas du tout.

— J'ai demandé à mes collaborateurs de vous trouver des sorties, poursuivit la reine comme si elle n'avait pas entendu la protestation de Bea. Ce soir, vous allez au théâtre.

— Oh non...

Bea croisa les bras avec un air buté. Qui allait gagner ? se demanda-t-il avec curiosité. Il avait donné son opinion. À présent, il n'avait plus qu'à laisser ces deux forts caractères s'affronter. Mais quoi qu'il arrive, il allait avoir une conversation à cœur ouvert avec Bea. Il voulait savoir ce qui la contrariait. Il ne quitterait pas le palais tant qu'il n'en aurait pas le cœur net.

— Beatrix, je pensais que tu étais prête à faire tout ton possible pour préserver le bonheur de ton frère, rappela la reine.

— C'était avant.

Bea pinça les lèvres comme si ces mots lui avaient échappé sans qu'elle le veuille.

— Avant quoi ? demanda la reine.

Bea hésita.

— Avant de savoir que ça durerait aussi longtemps.

— Si c'est à ton planning que tu penses, ne t'inquiète pas. Mes collaborateurs ont réglé ça avec les tiens. Toutes tes obligations seront honorées.

La reine se tourna vers Rez.

— La représentation a lieu ce soir à 19 heures. La tenue de soirée est exigée. Je suppose que ça ne pose pas de problème.

— Aucun.

Il avait bien entendu prévu tout le nécessaire.

— Bien. Dans ce cas, je ne vous retiens pas. Vous n'avez pas beaucoup de temps pour vous changer. Je vais demander que le chauffeur se tienne prêt. Ne soyez pas en retard. Il faut qu'on vous prenne en photo au moment où vous descendrez de voiture ensemble.

La reine pressa un bouton sur son bureau. Alors qu'elle se plongeait dans la lecture d'un document, la porte s'ouvrit derrière eux. Ils venaient d'être congédiés. Bea pivota sur elle-même et se dirigea vers la sortie à grands pas, le dos de nouveau raide. Rez réprima un soupir. De toute évidence, elle était furieuse qu'il ait accepté de poursuivre leur comédie. Sa colère, il pouvait s'en accommoder. Ce qu'il ne supportait pas, c'était de ne pas savoir pourquoi elle le soumettait au régime de la douche écossaise.

Pourquoi Rez s'était-il rangé du côté de la reine ? Beatrix s'exhorta au calme. Il fallait bien reconnaître que ce plan fonctionnait. Mais dorénavant elle devrait être plus prudente et garder ses distances avec lui et son adorable fille. Plus ils passaient de temps ensemble, plus la situation devenait confuse, pour l'un comme pour l'autre. Il était manifeste que Rez se sentait seul et que sa femme lui manquait. Ce baiser… Ce n'était pas elle qu'il avait embrassée. C'était un fantôme. Celui d'une femme dont il était toujours amoureux. Il n'était pas question qu'elle joue les lots de consolation. Si cela devait se reproduire, elle voulait être sûre que c'était elle qu'il avait envie d'embrasser. Il y avait pourtant peu de chances que ça arrive. Sa femme avait disparu depuis déjà un an, et il n'était toujours pas prêt à aller de l'avant.

Elle lança un dernier coup d'œil à son reflet dans le miroir. Cette robe marine au corsage semé de paillettes lui allait vraiment bien. C'était la première fois qu'elle la portait, mais ce ne serait pas la dernière. Non seulement elle était confortable, mais elle flattait sa silhouette. Sa longueur, sous le genou, était parfaite et la fente sur le côté lui donnait un côté sexy sans la faire paraître trop provocante. Était-ce pour plaire à Rez qu'elle l'avait choisie ? Elle aurait bien voulu pouvoir répondre non à cette question, mais pourquoi se mentir ? Elle avait secrètement envie qu'il la trouve séduisante.

Après avoir pris une profonde inspiration, elle enfila une paire de sandales marine scintillantes à talons aiguilles. Puis elle jeta un châle léger sur ses épaules, prit sa pochette, et quitta son appartement. Rez l'attendait dans le hall, à proximité de la porte. Il était appuyé contre le mur, comme s'il attendait depuis un moment. Alors qu'elle descendait les dernières marches, elle sentit son regard sur elle. Une douce chaleur se répandit dans sa poitrine puis remonta jusqu'à ses joues. Quand elle arriva à sa hauteur, il se pencha vers elle.

— Tu es splendide.

Son souffle lui effleura le cou, faisant courir un long frisson le long de son épine dorsale.

— Merci, répondit-elle d'une voix altérée.

Il plongea le regard dans le sien.

— Si tu as choisi ta tenue dans l'intention de faire tourner les têtes, c'est réussi.

Ce compliment fit palpiter son cœur.

— Merci.

Il lui offrit son bras.

— On y va ?

— On y va.

Le trajet en voiture s'effectua en silence. Elle sentit le regard de Rez se poser deux ou trois fois sur elle. Comme s'il voulait lui dire quelque chose puis se ravisait. Avait-il l'intention de s'excuser d'avoir accepté de poursuivre cette comédie ? Si oui, c'était trop tard. Comme le souhaitait la reine, les paparazzis étaient très nombreux devant la Maison des Arts de Rydiania, un des plus grands et des plus anciens théâtres du royaume. Avec sa colonnade et les deux lions majestueux qui flanquaient le bas du grand escalier, c'était un monument historique. La voiture s'arrêta devant un long tapis rouge qui se déroulait jusqu'à l'entrée du théâtre, en haut des marches.

La portière de Beatrix fut ouverte et elle descendit de voiture, acclamée par la foule. Elle accrocha à ses lèvres le sourire étudié qu'elle avait appris à arborer en public dès son enfance et elle leva la main pour un salut protocolaire, tandis que Rez prenait soin de la laisser seule un instant sous les projecteurs. Lorsqu'il descendit de voiture et vint se placer à côté d'elle, l'enthousiasme de la foule atteignit son paroxysme. Il posa la main au creux de ses reins et une vive chaleur l'envahit tout entière.

Elle garda la pose stoïquement pendant que les flashs crépitaient de tous les côtés, puis ils montèrent les marches et pénétrèrent dans le théâtre. Aussitôt, ils furent entourés par des gens qu'elle connaissait et d'autres dont le nom lui échappait. Toujours souriante, elle s'efforça de donner le change. La main de Rez se posa de nouveau au creux de ses reins. Un geste réconfortant mais qui éveillait son désir. Que se passerait-il si elle se tournait vers lui ? L'embrasserait-il ?

Quelqu'un lui parlait, constata-t-elle. Et elle n'avait aucune idée de ce qu'il lui racontait. Elle hocha la tête en souriant, puis elle jeta un coup d'œil à Rez. Il lui adressa un sourire entendu. Les joues en feu, elle détourna le regard. Savait-il qu'il la troublait ? Non, impossible. Si seulement elle pouvait s'écarter de lui… Cette main brûlante au creux de ses reins lui brouillait l'esprit. Tandis qu'ils avançaient dans le théâtre, elle continua de hocher la tête en souriant chaque fois que quelqu'un lui parlait. Mieux valait éviter de dire quoi que ce soit. Elle n'avait aucune envie que les gens sachent à quel point elle était distraite. Comment avait-elle pu croire un seul instant que cette fausse relation était une bonne idée ?

Quand ils finirent par arriver dans leur loge, elle se tourna vers Rez pour lui dire quelque chose, mais dans un mouvement si gauche qu'elle entra en collision avec lui. Électrisée, elle posa instinctivement la main sur son torse musclé. Que s'apprêtait-elle à lui dire ? Elle n'en avait plus aucune idée… Quand leurs regards se rencontrèrent, elle eut l'impression que c'était vraiment elle qu'il voyait et pas un fantôme de son passé. Son cœur se mit à battre à grands coups. Elle voulut s'écarter mais ses pieds refusèrent de lui obéir.

Lorsqu'il posa les yeux sur ses lèvres, elle perdit le peu de raison qui lui restait. L'envie de sentir de nouveau sa bouche se poser sur la sienne était trop forte. Tant pis si c'était une mauvaise idée. Elle se hissa sur la pointe des pieds et noua les mains sur sa nuque. Il se pencha sur elle et la ferveur de son baiser la galvanisa. C'était comme si elle avait attendu cet instant toute sa vie… Elle lui rendit son baiser avec fougue, comme s'ils étaient seuls au monde. L'orchestre commença à jouer, la faisant tressaillir. Elle s'écarta vivement de Rez. Que lui avait-il pris ? Impossible de prétendre que ça faisait partie de la comédie qu'ils étaient censés jouer. Il n'y avait aucun photographe à proximité. Aucun spectateur. Cette fois, ils étaient vraiment seuls, à l'abri des regards.

Elle leva les yeux vers lui. Son visage était indéchiffrable. Comme s'il avait dressé un mur entre eux. Il aurait fallu dire quelque chose… mais quoi ? « Je suis désolée de t'avoir embrassé » ? Certainement pas !

— Si nous nous asseyions ? suggéra-t-il.

Sans un mot, elle s'installa dans son siège. Celui de Rez était si proche que, lorsqu'il fut assis, leurs épaules se touchaient. Elle garda les mains sur les genoux. Il était tentant de poser le bras sur l'accoudoir. En ferait-il autant ? Lui prendrait-il la main ? Ce serait si merveilleux de regarder la pièce main dans la main… À propos de la pièce, il fallait espérer que personne ne lui poserait de questions à la sortie, parce qu'elle allait avoir beaucoup de mal à se concentrer sur ce qui se passerait sur la scène. Rez était-il aussi bouleversé qu'elle par l'intensité de leur baiser ? Avait-il envie de recommencer ? Elle ne le saurait jamais. Parce qu'elle n'aborderait jamais le sujet avec lui. Il valait beaucoup mieux faire comme si rien ne s'était passé. Oh ! oui, c'était la meilleure attitude à adopter, même si ce souvenir resterait gravé à jamais dans sa mémoire.

11

Il mourait d'envie de l'embrasser encore.

Rez n'avait pas la moindre idée de ce qui s'était passé sur scène pendant deux heures. Il avait applaudi aux moments où la salle applaudissait et il s'était levé à la fin, comme tout le monde, pour le salut des acteurs. Mais il aurait été incapable de résumer l'intrigue. Pendant toute la représentation, il n'avait pensé qu'à une chose. Ce baiser brûlant. Il savait que Bea ne l'avait pas prémédité. Depuis le pique-nique, elle ne lui avait pratiquement plus adressé la parole. Quant à lui, il n'avait pas prévu non plus de l'embrasser, bien sûr. Elle lui devait des explications sur son attitude. Comment en étaient-ils soudain arrivés à s'embrasser passionnément ?

Une chose était évidente : leur attirance mutuelle. Chaque fois qu'ils étaient en présence l'un de l'autre, celle-ci était palpable. Et plus ils passaient de temps ensemble, plus elle était forte. Dans la voiture qui les ramenait au palais, il hésita. Discuter avec elle maintenant ? Non, ce n'était pas le moment. Cette conversation devait rester confidentielle. Après tout, il y avait sans doute un espion au sein du personnel du palais. Il ne fallait prendre aucun risque.

Elle semblait très calme. Mais l'était-elle réellement ? Ce baiser l'avait-elle déstabilisée elle aussi ? Et où en étaient-ils, à présent ? S'il avait eu un minimum de bon sens, il aurait fait ses valises et il serait rentré chez lui. Mais la confusion dans laquelle le plongeait cette relation ambiguë le privait justement de son bon sens… La voiture les déposa devant l'entrée du palais. C'était le moment ou jamais de parler en privé avec elle, décida-t-il en la suivant dans le hall. Mais où ? Dans la suite qu'il occupait ou chez elle ? Chez elle. Ils ne risqueraient pas d'être interrompus par Evi. Sa fille semblait sentir sa présence dès qu'il était à proximité. S'ils allaient dans sa suite, elle risquait de se réveiller et de pleurer jusqu'à ce qu'il la prenne dans ses bras et la berce pour la rendormir. Ils arrivaient en bas du grand escalier quand le roi vint à leur rencontre. C'était la première fois qu'il le voyait marcher avec une canne, songea Rez. Était-il moins en forme le soir ou bien évitait-il de s'en servir dans la journée pour dissimuler la gravité de son état à tous ceux qu'il croisait ?

— Ne dites rien à la reine, je vais juste à la cuisine pour grignoter quelque chose.

— Papa, il suffisait de sonner un employé pour qu'on t'apporte à manger dans ta chambre, dit Bea.

— Ta mère aurait été prévenue et tu sais bien que les médecins et elle surveillent de très près mon régime.

Istvan lui avait dit que la reine faisait tout ce qui était en son pouvoir pour inciter son père à mener une vie saine, se rappela Rez. Le roi les regarda tour à tour, Bea et lui.

— Vous êtes toujours censés jouer la comédie pour duper les paparazzis, n'est-ce pas ?

Bea hocha la tête.

— Nous rentrons du théâtre.

— Comment était-ce ?

Voyant que Bea hésitait, Rez prit la parole.

— La pièce était bonne. Le public était tellement enthousiaste que les comédiens ont été longuement ovationnés.

— C'est une bonne nouvelle. Ça vous dirait de venir grignoter quelque chose avec moi dans la cuisine ?

— Je crois que je vais aller me coucher, répondit Bea en bâillant.

— Et moi, il faut que j'aille voir Evi.

— D'accord. Rappelez-vous : pas un mot à la reine.

Bea regarda son père s'éloigner d'un air inquiet.

— Quelque chose ne va pas ? demanda Rez.

— C'est juste que mon père a changé. Depuis le diagnostic de sa maladie, il n'est plus aussi sérieux. Comme s'il avait décidé d'oublier les contraintes.

Ils montèrent l'escalier, puis il la suivit quand elle prit le couloir conduisant à son appartement. Elle se retourna.

— Que fais-tu ? Ta suite est dans l'autre aile.

— Je te raccompagne.

Elle arqua les sourcils.

— Je peux aller jusqu'à mon appartement toute seule.

Ignorant cette remarque, il continua à la suivre. Il y avait trop longtemps qu'il reportait cette conversation pour renoncer maintenant. Une fois devant sa porte, elle se tourna vers lui.

— Je suis arrivée. Tu peux y aller, maintenant.

— Non, il faut que nous parlions.

Elle écarquilla les yeux.

— Si c'est au sujet de ce qui s'est passé tout à l'heure...

— Non... Enfin, pas seulement.

La confusion se peignit sur les traits de Bea. Elle ouvrit sa porte et entra chez elle. Allait-elle lui claquer la porte au nez ou l'inviter à l'intérieur ? Au grand soulagement de Rez, elle déclara :

— Entre, si tu y tiens.

Ce n'était pas l'invitation chaleureuse qu'il aurait souhaitée, mais pour l'instant il s'en contenterait. Il entra. Elle posa sa pochette sur une console, enleva ses sandales à talons et se tourna vers lui.

— De quoi veux-tu parler ?

Par quoi commencer ? Dans la voiture, il avait répété ce qu'il voulait lui dire, en choisissant soigneusement ses mots. Mais à présent qu'elle le regardait avec ses grands yeux bleus, les mots en question lui échappaient. Il ne pensait plus qu'à une chose : la prendre dans ses bras pour l'embrasser. Parce qu'un seul baiser ne suffirait jamais. Mais… était-il prêt à trahir le souvenir d'Enora ? Il se remémora les dernières paroles de sa femme, avant qu'on l'emmène au bloc opératoire. Elle lui avait dit qu'elle l'aimait et elle lui avait fait promettre de continuer à profiter de la vie s'ils ne se revoyaient pas. Oui, mais c'était si injuste… Il était là, avec une chance de retrouver le bonheur alors qu'Enora n'était plus de ce monde. Cette pensée le refroidit et il se rappela pourquoi il avait suivi Bea chez elle. Peu à peu, les mots qu'il avait préparés lui revinrent en mémoire. Il s'éclaircit la voix.

— Pourquoi n'aimes-tu pas Evi ?

— Pardon ?

Bea resta un instant bouche bée, puis elle pinça les lèvres.

— Depuis qu'elle est là, tu l'évites. Quand je te propose de la prendre dans tes bras, tu trouves toujours une excuse pour ne pas le faire. J'ai besoin de savoir où est le problème. Tu n'aimes pas les enfants ? Ou bien est-ce Evi qui ne te plaît pas pour une raison précise ?

— Non ! Ce n'est pas ça du tout. Je te le jure.

— Alors qu'est-ce que c'est ?

Il lut une vive émotion dans les yeux de Bea. De la souffrance ? De la tristesse ? Que se passait-il ? Il voulait bien la réconforter, mais tant qu'elle ne se confiait pas à lui, il ne savait pas quoi lui dire. Elle resta silencieuse. À en juger par sa mine défaite, le problème était grave. Au comble de la perplexité, il l'entraîna vers un des canapés, la fit asseoir et s'installa à côté d'elle, réfrénant sa curiosité. Inutile de se montrer pressant. Il fallait attendre qu'elle soit prête à parler. Le silence se prolongea un bon moment, puis elle finit par se tourner vers lui.

— Ce n'est pas ta fille, je te le jure. Qui pourrait ne pas l'aimer ? Elle est adorable.

— Je sais. Chaque fois que j'ai des doutes sur mes qualités de père, elle m'incite à me surpasser.

— Je trouve que tu es un très bon père.

— Pourquoi dis-tu ça ?

— Parce que ta fille est très heureuse. Il suffit de la regarder pour voir qu'elle est aimée et qu'elle le sait.

Rez réprima un soupir. Il aurait beaucoup voulu croire Bea, mais il pensait toujours qu'Evi avait besoin d'une mère. Il tâtonnait et il improvisait jour après jour. Il faisait de son mieux pour être un bon père, mais la plupart du temps il ne se sentait pas à la hauteur.

— C'est très facile de l'aimer, acquiesça-t-il.

Bea déglutit péniblement, puis elle se mit à lisser sa robe.

— Je pensais que moi aussi, j'aurais des enfants, le moment venu.

— Et tu as changé d'avis ?

Elle détourna les yeux et fixa un point à l'autre bout de la pièce.

— J'ai une endométriose.

Était-il censé savoir de quoi il s'agissait ?

— C'est grave ?

Elle hocha la tête.

— Quand les premiers symptômes sont apparus, les médecins ont pensé que ce serait juste inconfortable, mais ça s'est révélé plus sérieux.

Ne sachant pas quoi dire, il lui pressa doucement la main.

— Il a fallu m'opérer, et à présent je ne peux plus avoir d'enfants.

Il fut abasourdi. Elle qui semblait toujours en bonne santé…

— Je suis vraiment désolé.

Elle le regarda, les yeux brillants de larmes.

— Je pensais avoir réussi à me faire une raison, mais quand je t'ai vu avec Evi, j'ai pris pleinement conscience de ce que je ne connaîtrai jamais. Je…

Une larme roula sur sa joue.

— Je…

Il la prit dans ses bras. Elle posa la tête sur son épaule et il lui caressa tendrement les cheveux, bouleversé par ce qu'il venait d'apprendre. Dire qu'il l'avait accusée de ne pas aimer sa fille ! Au bout d'un moment, elle s'écarta de lui.

— Je suis désolée que tu aies cru que je n'aimais pas Evi. Elle est si mignonne… De toute évidence, j'ai encore du mal à accepter que je n'aurai jamais d'enfants. L'ironie, c'est que contrairement à certaines femmes, je n'ai pas commencé à rêver de ça très jeune. En fait, j'ignorais que j'en avais envie jusqu'au jour où j'ai appris que je ne pourrais jamais en avoir.

Il essuya ses larmes du bout du pouce.

— C'est encore possible. Il y a d'autres moyens de fonder une famille, murmura-t-il, plein de compassion.

Il s'en voulait tellement d'avoir mal interprété son attitude… Mais à présent qu'il connaissait la vérité, le mur qui les séparait était tombé.

La vérité était enfin dite.

Beatrix n'avait pas prévu de se confier à Rez, mais leur baiser avait tout changé. Elle avait pris conscience que les choses pourraient très facilement devenir sérieuses entre eux. Or il serait injuste de les laisser évoluer dans ce sens sans qu'il sache qu'elle ne pourrait pas lui donner d'enfants. À présent que tout était clair, elle respirait mieux. Mais Rez la regardait différemment. La compassion se lisait dans ses yeux.

— Ne me regarde pas comme ça, demanda-t-elle.

— Comment ?

— Comme si tu me plaignais.

— Je suis navré pour toi, dit-il avec une sincérité manifeste. Tu n'as rien fait pour mériter ça. C'est injuste. Tu pourrais quand même adopter.

Elle y avait pensé, bien sûr. Mais il y avait le risque que l'attente soit très longue. Ou, pire encore, que la démarche reste infructueuse.

— Ma vie me convient telle qu'elle est, affirma-t-elle d'un ton qu'elle espérait convaincant.

— Tu veux dire que tu n'as pas l'intention de te marier ? Ni de fonder une famille ?

Elle sentit son cœur se serrer. Ces questions, elle évitait justement de se les poser.

— Pour l'instant, je préfère me concentrer sur le travail que j'effectue en tant que membre de la famille royale.

— Et plus tard, ça continuera à te suffire ?

Elle réprima un soupir. Pourquoi insistait-il ? Elle ne pouvait pas lui donner des réponses qu'elle ne connaissait pas encore.

— Je ne sais pas. J'ignore ce que me réserve l'avenir. Pour l'instant, je consacre une grande partie de mon temps à mes obligations et à mes projets, ce qui me convient parfaitement.

Ma vocation est de servir mon pays et d'améliorer la vie de ses habitants.

— Tu ne peux pas passer tout ton temps à travailler.

Le regard de Rez se posa sur sa bouche. Elle sentit son cœur s'affoler tandis qu'il se penchait vers elle. Il ne l'embrassa pas avec fougue comme au théâtre, mais avec une douceur infinie. Elle lui fut reconnaissante de sa délicatesse et se détendit peu à peu. Savourant l'instant, elle noua les bras autour de son cou et approfondit leur baiser, oubliant sa souffrance et sa frustration. Elle n'était plus qu'une femme sensuelle, irrésistiblement attirée par cet homme cher à son cœur. C'était comme si elle avait attendu ce moment toute sa vie. Tout à coup, il s'arracha à sa bouche. Cruellement déçue, elle plongea le regard dans le sien pour tenter d'y trouver des explications. Ne la désirait-il pas ?

— Bea, tu es sûre que de vouloir continuer ? demanda-t-il d'un ton neutre.

Comment pouvait-il en douter ? Ne venait-elle pas de le lui prouver en répondant avec ferveur à son baiser ? Mais s'il avait besoin d'entendre les mots, elle allait les prononcer.

— Oui, je le veux. Je n'ai jamais été aussi sûre de vouloir quelque chose.

Elle se leva et lui tendit la main. Quand il se leva à son tour, elle l'entraîna dans sa chambre. Il y avait beaucoup trop de coussins sur le lit. Nul doute qu'ils allaient bientôt se retrouver par terre… avec leurs vêtements. Elle se tourna vers lui, se hissa sur la pointe des pieds et captura sa bouche. Tout en répondant à son baiser, il glissa la main dans son dos et descendit la fermeture Éclair de sa robe.

12

Elle avait passé la nuit la plus fabuleuse de sa vie.

Le lendemain matin, Beatrix se réveilla seule, mais heureuse. Quand Rez était parti avant le lever du soleil, il l'avait réveillée avec un baiser… et ils avaient été incapables de s'en contenter. Elle semblait n'être jamais rassasiée de lui. Il était si doux, si tendre… Et aussi fougueux, passionné… Bien sûr, elle savait que ces moments passés dans ses bras n'aboutiraient pas à un amour éternel, mais tant qu'ils dureraient, elle comptait les vivre pleinement. Elle devait juste se rappeler de prendre les choses à la légère, puisqu'elle ne pourrait jamais lui donner la famille qu'il méritait. Mais pour l'instant, elle n'avait aucune envie de s'attarder là-dessus.

Elle avait dormi tard et raté le petit déjeuner. Avant qu'un employé vienne voir ce qui lui arrivait, elle se précipita dans la salle de bains pour prendre une douche. Istvan et Indigo rentraient aujourd'hui, se rappela-t-elle tout à coup. Pourvu qu'ils aient réglé tous leurs problèmes et que le mariage ait bien lieu à la date prévue ! Rien ne pourrait lui faire plus plaisir. Alors qu'elle s'apprêtait à quitter son appartement, elle s'aperçut qu'elle avait laissé son téléphone dans sa pochette en rentrant du théâtre. Elle le récupéra mais ne parvint pas à l'allumer. Elle soupira. Plus de batterie… Après l'avoir mis en charge, elle s'en alla. Elle mourait d'envie d'aller frapper à la porte de Rez, mais décida qu'il valait mieux éviter. Elle ne voulait surtout pas qu'il la trouve envahissante. Après tout, ils n'avaient pas de vraie relation. Tout était si récent...

Elle descendit le grand escalier et traversa le hall. En milieu de matinée, il devait ne plus y avoir personne à la table du petit déjeuner, mais avec un peu de chance elle trouverait encore du café et peut-être même un croissant. Alors qu'elle approchait de la porte de la salle à manger privée, elle entendit des voix. Son frère et Indigo ! Et ils souriaient, constata-t-elle en arrivant sur le seuil.

— Vous êtes de retour !

Elle se précipita vers eux pour les embrasser.

— Heureuse de te revoir, moi aussi, déclara Indigo avec un sourire radieux.

— Le mariage va donc avoir lieu comme prévu ?

Istvan passa un bras autour des épaules de sa fiancée.

— Oui.

Beatrix poussa un soupir de soulagement. C'était la meilleure nouvelle qu'elle entendait depuis longtemps. Décidément, cette journée s'annonçait excellente. À présent, elle avait une excuse pour arborer un sourire béat. Personne ne soupçonnerait qu'elle avait passé la nuit dans les bras de Rez. Une information qu'elle n'était pas prête à divulguer...

— Je suis désolée d'avoir paniqué, dit Indigo, mais je ne m'attendais pas à ce que les médias soient aussi odieux.

— Je comprends, assura Beatrix. C'est difficile à supporter, même quand on a affaire aux paparazzis depuis son enfance.

— Nous te sommes très reconnaissants de ton aide, intervint Istvan. Tu as visiblement pris ta mission très à cœur.

Elle arqua les sourcils, interloquée.

— Pardon ?

Avant qu'elle ait le temps d'ajouter autre chose, son frère prit le journal du matin sur la table.

— Tu n'as peut-être pas encore vu ça.

— Oh ! il y a une photo de moi et de Rez au théâtre ?

Si elle était bonne, elle demanderait à sa secrétaire de la numériser. Ce serait bien d'avoir une photo de cette soirée en souvenir...

— On peut dire ça, oui, acquiesça son frère en riant.

Qu'y avait-il de si drôle ? Son maquillage avait-il coulé ? Y avait-il un problème avec sa robe ? Elle prit avec appréhension le journal que lui tendait son frère. Une fois de plus, elle était en une... Elle jeta un coup d'œil au titre.

Scène torride au théâtre

À la vue de la photo, elle sentit tout son visage et son cou s'enflammer. Un gros plan de leur baiser... Étroitement enlacés, ils s'embrassaient à pleine bouche. Il n'y avait aucun doute sur l'authenticité de leur désir. Elle déglutit péniblement. Jamais elle n'avait eu aussi chaud au visage. Elle avait même l'impression que ses cheveux allaient partir en fumée...

— Bonjour.

Rez entra dans la salle d'un pas nonchalant, d'humeur visiblement joyeuse. Dès qu'il posa les yeux sur elle, son sourire s'évanouit.

— Que se passe-t-il ? Pourquoi fais-tu cette tête ?

Elle lui tendit le journal. Si le quotidien conservateur du royaume avait publié cela, elle n'osait pas imaginer ce qu'on pouvait lire dans *Les Confidences de la Duchesse*...

— Prête-moi ton téléphone, demanda-t-elle à Rez.

Sans un mot, il sortit son appareil de sa poche et le lui tendit. Elle le prit et rechercha le site people.

— Nous devrions peut-être les laisser seuls, dit Indigo.

— J'espérais en apprendre davantage au sujet de cette photo, commenta Istvan d'un ton malicieux.

Beatrix leva les yeux et vit Indigo donner un coup de coude à son fiancé avant de le prendre par le bras pour l'entraîner hors de la pièce. Une fois la porte refermée derrière eux, Beatrix reporta son attention sur l'écran du téléphone. Le post les concernant était le premier affiché. Et il avait pour titre :

Brûlants de désir

Elle réprima un gémissement. C'était encore pire que ce qu'elle craignait. Il y avait une grosse différence entre jouer la comédie pour duper les paparazzis et être surpris par eux dans un moment de passion authentique... Elle se sentait exposée à la vue de tous. Rez vint à côté d'elle.

— Ça ne peut pas être pire que ce qu'il y a dans le journal.

— C'est mille fois pire.

Il y avait une photo sur laquelle elle se pressait contre lui, les doigts dans ses épais cheveux noirs. Ils semblaient prêts à... à faire l'amour. Et c'était d'ailleurs ce qu'ils avaient fait un peu plus tard. Mais ça ne regardait qu'eux.

— Le site des *Confidences de la Duchesse* a publié une photo de nous en pied. C'est comme si...

— Comme si quoi ?

— Comme si nous faisions l'amour tout habillés.

— Je suis sûr que tu exagères. Fais voir.

Elle lui présenta l'écran.

— Non, tu n'exagères pas...

— C'est terrible. Tout le monde va être au courant pour nous deux.

— Bea, tout le monde est déjà au courant ! Tu te souviens ? Ça fait combien de temps que nous jouons la comédie pour les paparazzis ?

— Mais maintenant, c'est différent.

Elle baissa la voix.

— Parce que nous avons vraiment fait l'amour.

Un sourire malicieux éclaira le visage de Rez.

— C'est vrai. Combien de fois, déjà ?

— Rez !

— D'accord… Que dit le post ?

Chères admiratrices de la famille royale, je dois reconnaître que de temps en temps il m'arrive de me tromper. Il s'avère que le deuxième plus beau parti du royaume n'est plus sur le marché. Eh oui ! Cet été, l'amour est dans l'air.

Le cœur du duc de Kaspar a été volé par notre princesse Beatrix en personne. Elle s'en est emparée avant qu'aucune d'entre nous ait la moindre chance de l'approcher. Vraiment navrée, mes chéries.

Mais comment ne pas s'incliner devant tant de passion ? Je me pose juste une question. Depuis combien de temps cette liaison dure-t-elle ?

De toute évidence, ce n'était pas leur premier baiser. Oh là là !

Beatrix interrompit sa lecture. Elle regarda de nouveau la photo et elle eut un pincement au cœur. Si seulement cette aventure pouvait être sérieuse… Mais n'avait-elle pas décidé de prendre les choses à la légère ?

La voix de Rez la tira de ses pensées.

— C'est tout ou il y a autre chose ?

Elle lui tendit le téléphone.

— Lis, toi.

Elle n'était pas certaine de pouvoir continuer. Elle avait l'estomac vide et un début de nausée.

Rez s'éclaircit la voix.

Doit-on en conclure qu'il y aura deux mariages princiers cette année ? Ou bien la princesse n'est-elle qu'une aventure pour le duc ? Et si oui, le sait-elle ?

Rez s'arrêta de lire.

Elle eut un nouveau pincement au cœur. Pourquoi se mentir ? La perspective d'un deuxième mariage princier était plus réjouissante que celle d'une simple aventure. Mais c'était justement le genre de pensée qu'elle s'était promis d'éviter. Elle jeta un coup d'œil à Rez. Son sourire malicieux avait disparu. Était-ce de la pitié qu'elle lisait dans ses yeux ? Craignait-il qu'elle prenne trop au sérieux la nuit qu'ils avaient passée ensemble ? Il se rapprocha d'elle.

— Bea, arrête.

— Quoi donc ?

— D'attacher de l'importance à ces inepties.

— Tout va bien. Continue à lire.

— J'ai quelque chose à faire avant.

Il se pencha sur elle et l'embrassa. Aussitôt, elle noua les bras autour de son cou et répondit à son baiser. Quelqu'un de sa famille pouvait les surprendre à tout moment, mais tant pis. Ce baiser lui mettait du baume au cœur. Cependant, ils ne devaient pas s'emballer. Si cet instant se prolongeait trop, ils allaient remonter dans sa chambre et y passer le reste de la journée... Ils s'écartèrent l'un de l'autre, et Rez jeta un coup d'œil à son téléphone.

— Tu es sûr que tu veux que je continue à lire ?

Elle hésita. Elle n'avait pas envie de donner aux publications des *Confidences de la Duchesse* plus d'importance qu'elles n'en avaient, mais il fallait reconnaître qu'elle était curieuse de savoir ce qu'on disait d'eux. Elle hocha la tête. Rez eut lui aussi une hésitation, mais il reprit sa lecture.

Je vous avais dit que l'été serait intéressant. Revenons sur les rumeurs de fuite concernant le prince Istvan. Après réflexion, je ne pense pas qu'il soit prêt à rompre avec sa famille, dont il a toujours été très proche. S'il ne s'est pas enfui, peut-être retrouvera-t-il la raison et reprendra-t-il sa place d'héritier du trône. Il serait alors de nouveau disponible pour une nouvelle future princesse. Je sais que vous seriez sur les rangs, mesdames. Moi aussi.

Et ne perdez pas espoir en ce qui concerne le duc de Kaspar. Cette histoire avec la princesse Beatrix pourrait bien être éphémère. D'après la rumeur, elle n'a pas l'intention de se marier ni de fonder une famille. Mais qui n'aurait pas envie d'épouser ce duc si sexy ? Soupir…

C'est tout pour l'instant. Il faut que je m'éclipse. La situation évolue rapidement entre les murs du palais. Je vous donnerai des nouvelles dès que j'en saurai plus.

Prenez soin de vous, chères lectrices. À suivre…

Beatrix réprima un soupir. La prédiction des *Confidences de la Duchesse* allait-elle s'accomplir ? Cette liaison avec Rez serait-elle éphémère ? Après tout, elle ne recherchait pas une relation durable. Du moins, c'était ce qu'elle s'était toujours dit. Mais à présent, elle ne savait plus ce qu'elle voulait.

— Arrête, dit Rez d'une voix ferme.

— Quoi ? Tout va bien.

— Non. Les absurdités publiées par ce site te tourmentent. Ils ne savent rien de nous, tu m'entends ? Absolument rien.

— Peut-être, mais il y a toujours un espion au palais.

— À ce propos, tu ne crois pas que tu devrais avertir tes parents ?

— Nous avertir de quoi ?

La porte s'était ouverte sans qu'ils en aient conscience. Le roi et la reine venaient d'arriver.

— Vous devriez refermer la porte, dit Rez.

Une fois que ce fut fait, il déclara :

— Nous pensons qu'il y a un espion au palais. En fait, c'est Bea… Beatrix qui s'en est rendu compte.

Ensemble, ils expliquèrent la situation au roi et à la reine, abasourdis. Le roi décida de charger aussitôt les services de sécurité d'enquêter, afin que l'espion soit démasqué et traduit en justice. Car espionner la famille royale constituait un acte de trahison. Il donna sur-le-champ plusieurs coups de téléphone.

— Bien, à présent que les mesures appropriées ont été prises, vous devez vous préparer pour la garden-party organisée en l'honneur d'Istvan et d'Indigo, annonça la reine.

— Je ne sais pas si c'est une bonne idée, dit Beatrix.

Elle n'avait plus du tout envie de se montrer en public. Et puisque son frère et Indigo étaient de retour, elle ne s'y sentait pas obligée.

— Si tu t'inquiètes à cause des médias, sois rassurée, dit la reine. L'exclusivité a été accordée au *Quotidien de Rydiania*. Aucun paparazzi ne sera présent.

— Il faut que j'aille à une réunion avec les services de sécurité, annonça le roi en quittant la pièce.

— À bientôt, tous les deux, dit la reine en le suivant.

Beatrix resta bouche bée. Sa mère ne lui avait posé aucune question sur la photo, ni reproché leur manque de retenue au théâtre, contraire au protocole. Elle se tourna vers Rez.

— Je n'arrive pas à croire que ma mère ne nous ait pas fait un sermon sur la manière dont les membres de la famille royale doivent se comporter en public.

— Elle n'a peut-être pas vu la photo.

— Penses-tu ! Elle est la première à l'avoir vue, bien avant tout le monde. Elle est informée en permanence de tout ce qui est publié sur la famille royale.

Rez lui frotta le dos.

— Détends-toi. Peut-être a-t-elle tout simplement oublié parce que les préparatifs du mariage se précisent et qu'elle est heureuse que ton frère soit rentré.

Beatrix secoua la tête.

— Ma mère n'oublie jamais rien.

— Tu la connais mieux que moi, mais je pense que tu n'as pas de raisons de t'inquiéter. Maintenant, viens avec moi.

Il la prit par la main et l'entraîna dans le couloir.

— Mais je n'ai pas eu le temps de manger.

— Ne t'inquiète pas. Nous nous ferons servir dans ma suite.

— Dans ta suite ?

— Oui, pour que tu puisses faire plus ample connaissance avec Evi.

Il s'immobilisa.

— Je vais peut-être trop vite. En as-tu envie ?

Beatrix hésita. Depuis qu'elle avait expliqué sa situation à Rez, elle se sentait beaucoup mieux. Et de toute façon, elle ne pourrait pas continuer éternellement à éviter les bébés. Ses amies ayant commencé à se marier, il y en aurait bientôt partout autour d'elle. Et puis Evi était si adorable... Elle avait vraiment envie de parvenir à surmonter sa souffrance pour tisser des liens avec elle. Était-ce possible ? Elle l'ignorait mais elle était prête à essayer.

— Oui, j'en ai envie, mais je ne peux rien promettre.

— Je ne suis pas inquiet. Je pense que vous allez vous entendre à merveille.

Elle baissa les yeux sur leurs mains et déclara avec regret :

— Nous ne devrions peut-être pas nous tenir par la main dans le palais.

— Je suppose que tu as raison.

Il lui lâcha la main et elle s'efforça d'ignorer sa frustration tandis qu'ils montaient l'escalier. Lorsqu'ils arrivèrent dans la nurserie, Mme Wilson était penchée sur le berceau. À la vue de Beatrix, elle resta un instant bouche bée puis elle s'inclina.

— Votre Altesse, je suis enchantée de vous rencontrer.

— Moi de même, répliqua Beatrix.

Elles échangèrent quelques mots, puis la nurse informa Rez qu'Evi venait de se réveiller et que sa couche avait été changée. Rez déclara qu'ils allaient prendre le relais et proposa à la nurse de prendre une pause. Quand elle fut partie, il appela la cuisine pour demander des croissants, des œufs, des jus de fruits et du café.

Beatrix se dirigea vers le berceau.

— Bonjour, Evi. Comment vas-tu ? demanda-t-elle d'une voix douce à la petite fille qui se tenait au bord avec un grand sourire.

Evi leva vers elle des yeux du même bleu que ceux de son père et se mit à sautiller. Mais elle lâcha le bord du berceau et bascula en arrière. Beatrix se précipita, mais trop tard.

— Oups, tu ne t'es pas fait mal ? demanda-t-elle à la petite fille, affalée sur le dos.

Pourquoi posait-elle cette question, alors qu'Evi ne pouvait pas lui répondre ? se demanda-t-elle aussitôt.

— Tout va bien ? demanda Rez en la rejoignant.

— Evi était en train de sauter et elle est tombée en arrière. Je pense qu'elle ne s'est pas fait mal.

Evi roula sur le côté, se mit à quatre pattes puis s'accrocha au bord du berceau et se releva. Avec un grand sourire.

— Viens, on va te sortir de là, dit Beatrix en la prenant dans ses bras.

Lorsque la petite fille posa la tête contre son épaule, elle sentit son parfum et une vague de nostalgie la submergea. Elle aurait tellement aimé avoir un petit bébé aussi adorable... Elle refoula les larmes qui lui brûlaient les yeux. Pas question de s'effondrer. Ce moment était celui d'Evi.

Ils s'installèrent par terre tous les trois pour jouer avec la balle rose. Quand elle se concentrait sur la petite fille sans penser à ses propres problèmes, elle arrivait à s'amuser, constata Beatrix. Par moments, elle était assaillie par des bouffées de tristesse, mais elle parvenait à ne pas le montrer. Elle ne voulait gâcher ce moment à aucun prix.

13

Tout se passait bien.

Rez était satisfait. Ces derniers jours, il avait passé beaucoup de temps avec Bea. Les choses avaient radicalement changé entre elle et Evi. Elle n'était plus sur la défensive et elle passait visiblement de très bons moments avec sa fille. Il était heureux pour elles deux, mais ça renforçait sa conviction. Evi avait besoin d'une mère. Son comportement avec Bea le prouvait.

Il n'avait cependant pas eu le temps de s'attarder sur ce problème. Il avait dû accompagner Bea à la garden-party, en prenant soin d'écarter tout risque de photos inopportunes. Ils parvenaient à se refréner et ils évitaient de se toucher ou de s'embrasser, mais c'était une véritable torture. Heureusement, les nuits étaient à eux... Le lendemain de la garden-party, ils étaient allés au parc avec Evi, et dans la soirée ils avaient participé à une réception officielle donnée en l'honneur des dignitaires étrangers invités au mariage. Après avoir serré beaucoup de mains et échangé beaucoup de banalités jusqu'à ce que tout le monde se retire, il était allé une fois de plus retrouver Bea dans sa chambre, en catimini. Mieux valait ne pas trop s'y habituer parce que, après le mariage, il rentrerait chez lui. La relation de Bea avec sa fille s'était considérablement améliorée, mais il ne fallait pas oublier ce qu'elle lui avait dit. Sa vocation était de servir son pays et d'améliorer la vie des habitants. Elle avait été très claire à ce sujet.

Lorsque la soirée de répétition du mariage arriva, le palais avait retrouvé la sérénité. Le royaume semblait attendre le mariage princier avec enthousiasme et les commentaires des médias étaient positifs.

Pendant le dîner, Rez fit de son mieux pour masquer sa frustration, mais il ne pouvait s'empêcher de jeter des coups d'œil à Bea, qui était assise à l'autre bout de la table et riait beaucoup avec ses sœurs. Istvan lui donna un coup de coude.

— Tu es très distrait, dis-moi. À cause de quoi ? Ou devrais-je dire à cause de qui ?

— Et toi, tu es prêt à dire oui ? éluda-t-il.

— Il y a longtemps que je suis prêt. Mais si tu crois pouvoir changer de sujet aussi facilement, tu te trompes. Que se passe-t-il entre Bea et toi ?

Rez haussa les épaules.

— Qu'est-ce qui te fait penser qu'il se passe quelque chose ?

— Tu n'as pas quitté ma sœur des yeux de toute la soirée. Et puis j'ai vu la photo dans le journal.

— Nous jouions la comédie pour les paparazzis.

Istvan arqua un sourcil narquois.

— Allons donc, c'était un vrai baiser. Alors, quelles sont tes intentions vis-à-vis de ma sœur ?

Ses intentions ? Ils allaient vraiment avoir cette conversation ? Rez réprima un soupir.

— Je... Je n'en ai pas...

— Je sais bien qu'autrefois je t'avais demandé de garder tes distances avec elle, mais nous n'étions alors que des enfants et tu étais trop âgé pour elle. Aujourd'hui, c'est différent.

Qu'essayait de lui dire Istvan ? Qu'il devait s'engager dans une relation sérieuse avec Bea ? Impossible. Rez pensa à ce que lui avait fait promettre Enora. Aller de l'avant... Mais pouvait-il vraiment tout recommencer ? Ces questions le poursuivirent jusqu'à ce que la soirée se termine, assez tôt car le mariage aurait lieu le lendemain. Il lança un coup d'œil à Bea, se réjouissant à la perspective de leur rendez-vous nocturne habituel. Comme si elle lisait dans ses pensées, elle le rejoignit et lui murmura à l'oreille :

— On se retrouve dans ma chambre ?

Au moment de répondre, il hésita. C'était vraiment devenu une habitude. Or il fallait se méfier des habitudes, elles nourrissaient les espérances. Était-il seulement à même de répondre aux espérances de Bea ? Il n'en savait rien. Et quelles étaient-elles ? Il n'en savait rien non plus. Au comble de la confusion, il déclara :

— Il faut que je passe un moment avec Evi.

— Oh ! d'accord. Je viens avec toi. Je n'ai pas pu la voir tout à l'heure parce qu'elle dormait.

Il consulta sa montre.

— Elle devrait être réveillée. Et elle sera contente de te voir.

Comme il l'avait prévu, Evi ne dormait pas et la nurse était sur le point de lui donner son biberon.

— Puis-je m'en charger ? demanda Beatrix.

— Bien sûr.

Mme Wilson se leva en souriant.

— Asseyez-vous dans le rocking-chair, Evi adore ça.

Rez resta en retrait tandis que Bea s'installait et que la nurse installait Evi dans ses bras. Au début, la fillette s'agita, mais cela cessa dès qu'elle eut la tétine dans la bouche. La nurse s'esquiva, les laissant tous les trois.

— Pourquoi es-tu aussi silencieux ? demanda Bea au bout d'un moment.

— Je vous observe et je trouve que tu t'occupes vraiment bien d'Evi.

Bea secoua la tête.

— Je ne sais pas du tout comment il faut s'y prendre.

— Ne dis pas ça, elle est aux anges dans tes bras.

— C'est la chance des débutants, répliqua Bea en regardant la fillette qui suçotait encore vaguement la tétine tandis que ses yeux se fermaient.

À la vue de son sourire attendri, une vive émotion s'empara de Rez. Bea semblait s'être occupée d'Evi toute sa vie. S'il ne les connaissait pas, il aurait pu les prendre pour la mère et la fille. Quand Bea regardait Evi, il y avait de l'amour dans ses yeux. Ils pourraient former une famille fantastique… C'était ce qu'il souhaitait, comprit-il à cet instant. Evi aurait une mère. Et Bea, l'enfant dont elle avait envie. Mais parviendrait-il à convaincre la jeune femme qu'ils étaient faits pour vivre ensemble tous les trois ?

Le jour du mariage était arrivé. Le palais fourmillait d'employés qui s'affairaient. Parmi tous ces hommes et ces femmes, qui les espionnait ? se demandait Beatrix. C'était très inconfortable de ne pas se sentir pleinement en sécurité chez soi. D'être obligée de surveiller ses paroles de crainte de les retrouver sur Internet. Jusqu'à présent, les services de sécurité du roi n'avaient aucune piste. En tout cas, depuis plusieurs jours, les posts des *Confidences de la Duchesse* au sujet du mariage étaient tous positifs. Le site avait enfin cessé de s'en prendre à Indigo. Peut-être avaient-ils compris que rien ne pourrait les séparer, Istvan et elle.

Beatrix quitta son appartement pour aller aider la future mariée à se préparer. Au détour d'un couloir, elle faillit se heurter à Rez.

— Hé ! Que fais-tu habillé comme ça ? demanda-t-elle en promenant sur lui un regard interloqué. On dirait que tu t'apprêtes à faire une balade à cheval au lieu d'assister à un mariage.

— C'est sans doute parce que je vais faire une balade à cheval.

Elle ouvrit de grands yeux.

— Maintenant ?

— C'est ton frère qui a insisté.

— Istvan ?

Que se passait-il, encore ?

— Il a des doutes de dernière minute ?

— Non. Il en a juste assez d'attendre sans rien faire, répliqua Rez en lui pressant le bras.

— Détends-toi. Tout va bien se passer aujourd'hui.

— J'espère...

Pourquoi avait-elle le pressentiment qu'il allait y avoir un problème ?

— Tout va bien se passer, insista Rez. Il faut que je file. Ton frère m'attend.

— D'accord. Soyez prudents. Il ne faudrait pas que vous ayez un accident.

Rez arqua les sourcils.

— Tu es vraiment inquiète, n'est-ce pas ?

— Non, mais je respirerai mieux une fois qu'Istvan et Indigo se seront dit oui.

— Je comprends. Le chemin a été compliqué, et pas seulement pour eux. Nous n'avions pas prévu d'assister à cette cérémonie en tant que couple. Mais finalement, c'est ce qui nous arrive et je dois dire que c'est moins pénible que je ne l'avais imaginé.

— Moins pénible ? s'exclama-t-elle avec indignation.

Devant le sourire malicieux de Rez, elle pouffa.

— Je m'en souviendrai.

Il jeta un coup d'œil autour d'eux pour vérifier qu'ils étaient seuls, puis il se pencha sur elle.

— Souviens-toi aussi de ça.

Quand les lèvres de Rez se posèrent sur les siennes, elle sentit son cœur faire un triple bond. Il était décidément très doué pour lui faire oublier ses soucis... Elle n'avait qu'une envie : courir s'enfermer avec lui dans sa chambre ! Il finit par s'arracher à ses lèvres et il murmura :

— Maintenant, tu as un bon souvenir auquel penser au lieu de t'inquiéter pour rien.

— Tu es le dérivatif idéal.

— Merci...

— Mais tu ferais mieux d'essuyer le gloss rose que tu as sur la bouche avant de retrouver mon frère.

Rez s'essuya du dos de la main.

— Merci.

Elle le regarda s'éloigner en souriant. Peut-être avait-il raison. Elle devait se détendre. Ce mariage avait été une source d'inquiétude pendant si longtemps qu'elle avait encore du mal à croire que tout allait bien se terminer. En tout cas, le baiser de Rez allait l'aider à passer une bonne journée. Et celle-ci commencerait par une séance de manucure et pédicure. Elle descendit l'escalier et traversa le hall à grands pas, mais ses sandales ne faisaient pas de bruit sur le sol de marbre. Elle prit un couloir et s'immobilisa à la vue d'un employé qui, un plateau vide dans la main, se tenait devant la porte de la salle où elle avait rendez-vous avec la mariée et ses amies.

Que faisait-il là ? Les espionnait-il ? L'homme se retourna et faillit lui rentrer dedans.

— Votre Altesse.

Il s'inclina.

— Excusez-moi, je ne vous avais pas vue.

— Que faisiez-vous ?

— Je... J'apportais du café, répondit-il avec une nervosité manifeste. Vous... Désirez-vous quelque chose ?

Elle croisa les bras.

— Je désire savoir pourquoi vous rôdez dans le couloir.

Juste à cet instant, Indigo sortit de la pièce.

— Beatrix, te voilà ! Nous nous demandions où tu étais passée.

Elle se tourna vers le jeune homme d'un air surpris.

— Vous ne deviez pas aller nous chercher de la crème glacée ?

— Oui, tout de suite, madame, répondit-il avant de s'éloigner précipitamment.

Le regard de Beatrix s'attarda sur le sourire radieux de sa future belle-sœur. Indigo semblait aussi heureuse que le matin où elles avaient essayé leurs robes après les dernières retouches, des semaines auparavant. C'était rassurant.

— De la crème glacée ?

Indigo prit Beatrix par le bras et l'entraîna dans la pièce.

— Oui, nous avons décidé de manger de la crème glacée pendant notre séance de manucure-pédicure. J'espère que ça te va !

— Pour un petit plaisir sucré, je suis toujours partante.

Elle rendit son sourire à Indigo.

— Cette journée va être fantastique !

Pourquoi ne réussissait-elle pas à y croire vraiment ? Pourquoi ne parvenait-elle pas à se débarrasser de cette vague inquiétude ?

14

Six chevaux blancs tiraient le carrosse blanc.

Des milliers de personnes étaient amassées le long de la route qui menait du palais à la ville. Beatrix observait la scène depuis la vitre arrière de la berline noire qui l'emmenait à la cathédrale. Indigo saluait la foule avec grâce, comme la princesse qu'elle était sur le point de devenir. Une fois le cortège arrivé devant la cathédrale, les proches de la mariée se placèrent de chaque côté de l'entrée, tandis que celle-ci et sa mère descendaient du carrosse et montaient les marches du porche. Indigo était très pâle, constata Beatrix. Pas étonnant. Cela représentait beaucoup de stress d'être le point de mire de milliers de personnes, dont des centaines de photographes et de cameramen. Quand Indigo arriva en haut des marches, elle s'approcha d'elle et demanda à voix basse :

— Ça va ?

— Je mentirais si je disais que je n'ai pas des dizaines de papillons dans le ventre.

— Ça va aller. C'est juste un moment un peu impressionnant à passer. Bientôt, tout sera terminé.

— Je sais.

— À tout à l'heure.

Le portail de la cathédrale s'ouvrit sur les premières notes de musique. Quand ce fut au tour de Beatrix de traverser la nef, son regard rencontra celui de Rez, qui se tenait au bout de l'allée. Son cœur se mit à battre la chamade. Avec sa jaquette, il était superbe. Il ne la quittait pas des yeux et elle pria pour ne pas trébucher. Au bout d'un moment qui lui parut interminable, elle finit par atteindre son siège et se retourna.

Des murmures admiratifs résonnèrent dans la cathédrale tandis que la mariée avançait dans l'allée centrale au bras de sa mère, vêtue d'une splendide robe blanche à fines bretelles dont la jupe ample ondulait autour d'elle à chacun de ses pas. Ses cheveux étaient relevés en chignon, avec quelques boucles qui lui caressaient les joues. Mais ce n'était pas sa robe ni sa coiffure qui faisaient rayonner son visage. C'était son sourire radieux. Indigo avait retrouvé des couleurs, constata Beatrix. Et son regard, fixé sur son futur mari, étincelait de bonheur. Beatrix jeta un coup d'œil à son frère. Rayonnant lui aussi, il n'avait d'yeux que pour sa future épouse. Elle commença enfin à respirer normalement. Elle s'était inquiétée sans raison. Tout allait bien se passer.

La cérémonie se déroula sans incident. Istvan et Indigo échangèrent leurs consentements avec une émotion palpable. Et comme le voulait la coutume pour les couples de la famille royale, ils ne s'embrassèrent pas. Le baiser était réservé à un moment plus intime. Cette coutume était une erreur, songea Beatrix. Le premier baiser d'un couple marié était très important. Les jeunes mariés auraient dû pouvoir exprimer leurs sentiments sur le moment. S'il s'était agi de son mariage, elle aurait embrassé Rez devant tout le monde, et tant pis pour le protocole. Mais à quoi pensait-elle ? Leur relation n'avait rien d'aussi sérieux. C'était bien ce qu'elle voulait, non ? Elle réprima un soupir. Pourquoi nier l'évidence ?

Elle ne parvenait pas à prendre leur relation à la légère. Elle était même profondément attachée à lui. Elle retint un nouveau soupir. Inutile d'avoir peur des mots. Elle l'aimait. Le cœur battant, elle lui jeta un coup d'œil. Partageait-il ses sentiments ?

Un instant plus tard, alors qu'ils descendaient l'allée centrale ensemble, il murmura à son oreille :

— Pourquoi fronces-tu les sourcils ?

— Moi, je fronce les sourcils ? Pour rien.

— Je ne te crois pas.

— Chut...

À la sortie de la cathédrale, elle fut séparée de lui par la reine. La famille royale devait prendre un raccourci pour rentrer au palais, où elle attendrait les jeunes mariés. Le carrosse du prince et de la princesse allait rouler très lentement et faire de nombreux détours afin de parcourir la ville, si bien que l'attente fut interminable. À leur arrivée, ils furent reçus par la famille royale et les invités, qui leur adressèrent leurs félicitations tour à tour. Après le dîner protocolaire, tout le monde se rassembla dans la salle de bal.

Chaque fois que Beatrix repérait Rez parmi la foule, il parlait avec quelqu'un. Les rares fois où elle le vit seul, elle était en train de danser avec un autre homme. Comment pouvait-on se rater ainsi pendant des heures ? C'était frustrant ! Alors que la soirée était bien avancée, elle sortit sur un balcon. Ses chaussures lui faisaient mal et elle avait besoin d'air. La nuit était belle. Un fin croissant de lune se détachait sur le ciel noir criblé d'étoiles scintillantes. Il ne manquait plus que Rez pour que tout soit parfait.

— Te voilà.

La voix familière fit bondir son cœur.

— Comment as-tu fait ? demanda-t-elle en se retournant.

— Pour te trouver ici ?

— Non... Enfin, si. J'étais en train de penser à toi et tu apparais soudainement.

Il la rejoignit.

— J'espère que c'est une bonne surprise.

— Très bonne.

Tandis qu'ils contemplaient le parc en silence, elle savoura la brise qui lui caressait la peau. Les inquiétudes et le stress accumulés pendant des jours la quittaient enfin.

— Tu dois être soulagée à présent que le mariage est terminé.

— Oui, ça va mieux.

Un léger bruit la fit tressaillir. Elle scruta les alentours mais ne vit rien bouger.

— Tu as entendu ?

— Quoi donc ?

— Comme un craquement.

Elle scruta de nouveau le parc, tandis que Rez se retournait vers les portes-fenêtres.

— Je ne vois personne, dit-il. Peut-être des invités ont-ils jeté un coup d'œil sur ce balcon et renoncé à sortir en constatant qu'il était occupé.

— Peut-être. Qu'as-tu pensé du mariage ? demanda-t-elle.

— Que tu étais incroyablement belle.

Elle sentit tout son visage s'enflammer. Elle avait beau être une princesse, les compliments l'embarrassaient.

— Merci. Mais je parlais des mariés. Ils rayonnaient de bonheur, n'est-ce pas ?

— Oui, en effet. Mais c'est toi qui accaparais mon attention. Tu étais resplendissante.

Elle le considéra avec incrédulité. Pensait-il vraiment ce qu'il disait ? Elle n'était ni grande ni mince comme sa sœur aînée, Gisella. Et elle n'avait ni la beauté ni le chic de sa cadette, Cecelia. Elle était plutôt petite et ronde. Mais il était vrai que sous le regard de Rez, elle avait l'impression d'être la plus belle femme du monde.

— Tu n'es pas obligé de dire ça, tu sais.

— Je le dis parce que c'est vrai. Tu es belle, tu es joyeuse, tu es chaleureuse... Evi t'adore. Bea, je voudrais te dire quelque chose ce soir, avant notre départ.

— Vous partez ? Si vite ?

— Demain matin, oui. Le rythme des journées d'Evi est chamboulé depuis notre arrivée au palais. Il est temps de reprendre une vie normale.

Elle s'efforça de masquer sa déception.

— Je comprends.

Il lui prit les deux mains.

— Je voudrais que tu viennes avec nous.

— Tu es sérieux ? s'exclama-t-elle, stupéfaite.

— Oui, répondit-il en plongeant le regard dans le sien.

C'était tentant. Si tentant...

— Ces prochains jours, mon emploi du temps va être très chargé, mais je pense pouvoir vous rendre visite dans quelques semaines.

Il secoua la tête.

— Tu ne comprends pas. Je voudrais que tu deviennes ma femme.

— Pardon ?

Elle avait dû mal entendre...

— Bea, nous nous entendons à merveille, toi et moi. Nous l'avons prouvé chaque nuit de cette semaine.

— Ce n'est pas une raison suffisante pour se marier, objecta-t-elle, les joues en feu.

— Et tu t'entends très bien aussi avec Evi. Elle est très attachée à toi et c'est réciproque.

Impossible de nier qu'Evi et elle avaient noué un lien étroit, reconnut-elle intérieurement. Bercer la petite pour l'endormir était une de ses plus grandes joies. Elle aurait pu la garder dans ses bras pendant des heures. Mais ce n'était pas non plus une raison suffisante. Il manquait l'essentiel dans la demande en mariage de Rez. Une déclaration d'amour. De son côté, elle l'aimait éperdument, mais un amour non partagé ne permettrait pas de construire une relation durable, assez solide pour résister aux épreuves de la vie. Leur union finirait par se briser, et ils ne seraient pas les seuls à en souffrir. Evi serait la troisième victime de ce fiasco. Evi qui avait déjà perdu sa mère. Lui infliger la perte d'une deuxième mère serait trop cruel. Sans compter que, un jour ou l'autre, Rez finirait par lui en vouloir de ne pas pouvoir lui donner d'autres enfants. Beatrix sentit sa gorge se nouer. Il valait mieux pour lui et pour sa fille qu'il épouse une femme capable de lui offrir la famille qu'il méritait.

Rez était l'homme de sa vie. Elle le savait. Renoncer à lui était un crève-cœur, mais elle devait refuser de l'épouser. C'était la meilleure solution pour tout le monde.

— Alors ? dit Rez d'un ton anxieux.

Elle libéra ses mains. Inspirant profondément, elle pria pour ne pas fondre en larmes.

— Non, dit-elle d'une voix mal assurée. Je ne peux pas t'épouser.

Juste à cet instant, elle perçut un éclair du coin de l'œil. Son estomac se noua. Ils n'étaient pas seuls ? Qui les prenait en photo ? Tous les invités extérieurs avaient été priés de laisser leurs téléphones à l'entrée du palais, pour les récupérer à leur départ.

— Qui est là ? lança Rez d'un ton rogue.

Dire que quelqu'un avait surpris leur conversation... C'était terrible. Ils scrutèrent l'obscurité pendant quelques secondes, puis Rez se tourna vers elle.

— Rentre dans la salle, tu y seras en sécurité.

Il n'était pas question qu'elle aille où que ce soit sans lui ! Elle s'apprêtait à le lui dire quand il s'éloigna vers une des extrémités du balcon. Il alluma la lampe de son téléphone et la braqua sur les arbustes en contrebas. Elle le rejoignit.

— Rentre, dit-il.

— Pas sans toi.

À cet instant, une silhouette apparemment masculine jaillit de derrière un arbuste et traversa la pelouse en courant, avant de disparaître sous les arbres quelques mètres plus loin. Rez enjamba la balustrade et sauta du balcon.

— Rez, sois prudent ! cria-t-elle alors qu'il s'élançait sur la pelouse.

Qui était ce photographe ? L'espion qu'ils cherchaient depuis des jours ? Et Rez qui était parti à sa poursuite dans l'obscurité... Elle l'aurait bien suivi, mais elle ne pourrait jamais courir assez vite sur ses talons aiguilles. Elle retourna à l'intérieur, contourna la foule et gagna le hall. Elle prévint la sécurité qu'il y avait un intrus dans le parc, en précisant que Rez tentait de le rattraper afin qu'aucune confusion ne soit possible. Au comble de l'anxiété, elle arpenta le hall pendant quelques minutes, puis elle prit la direction du bureau du roi. Elle avait remarqué que ses parents avaient quitté discrètement la réception un peu plus tôt. À cause de sa santé, son père ne pouvait plus veiller très tard, mais peut-être n'était-il pas encore couché. S'il se trouvait dans son bureau, il fallait le mettre au courant de la situation.

Son père était en effet assis à son bureau. Quand il la vit arriver, il arqua les sourcils.

— Que fais-tu ici au lieu de t'amuser à la réception ?

— Quelqu'un s'est introduit dans le palais.

Elle expliqua qu'on les avait pris en photo sur le balcon, Rez et elle. Le roi se leva.

— Tu as appelé la sécurité ?

— Ils sont partis à sa recherche. J'espère qu'il ne va rien arriver à Rez.

— Allons attendre les nouvelles dans le bureau du responsable de la sécurité.

Elle accompagna son père dans les couloirs silencieux en s'efforçant de surmonter son angoisse. La journée avait été si réussie… Et maintenant, Rez était en danger.

Rez courait à toutes jambes, déterminé à rattraper la personne qui avait interrompu une conversation très privée. Ses séances de jogging matinales se révélaient payantes. Il gagnait peu à peu du terrain sur l'ombre qu'il poursuivait. Après avoir tourné dans plusieurs allées, l'intrus s'élança à travers une autre pelouse. Sa silhouette devint plus distincte. C'était bien un homme. Rez redoubla d'efforts. Il rattrapa l'homme et se jeta sur lui. Ils tombèrent, roulèrent ensemble sur la pelouse, luttèrent. Enfin, Rez parvint à prendre le dessus, il immobilisa l'homme en le plaquant au sol, se mettant à califourchon sur lui. Au loin, il vit des torches allumées qui se déplaçaient.

— Par ici !

Les gardes du palais arrivèrent en courant. Une fois l'homme maîtrisé, Rez regarda attentivement son visage. C'était un des employés qui avaient participé aux préparatifs du mariage.

— C’est vous qui transmettiez des informations aux *Confidences de la Duchesse* ?

L’homme lui lança un regard noir mais ne dit pas un mot.

— Fouillez-le, demanda Rez aux gardes.

Ils trouvèrent un petit téléphone. Et dedans, des messages échangés avec *Les Confidences de la Duchesse*. Il y avait aussi une photo de lui et de Bea… Le cœur de Rez se serra douloureusement. Ce moment resterait gravé à tout jamais dans sa mémoire. Il était si nerveux quand il avait demandé Bea en mariage… Après avoir réussi à prononcer les mots sans bafouiller, il avait été submergé par un intense soulagement. Puis elle avait dit non. Il avait eu l’impression de recevoir un coup de poing dans l’estomac. Il était certain qu’ils ne pouvaient être que très heureux ensemble, Bea, Evi et lui. Apparemment, Bea ne partageait pas ce point de vue. Comment avait-il pu se tromper à ce point ? Tous ces baisers enflammés, toutes ces nuits de passion… Il avait cru qu’ils étaient unis par des liens étroits et qu’ils pouvaient construire quelque chose ensemble. Il s’attendait à ce qu’elle accepte de l’épouser avec enthousiasme. Jamais il n’avait commis une erreur de jugement aussi grave.

Pourquoi avait-elle refusé ? Cette question tournait en boucle dans l’esprit de Rez et il ne voyait qu’une seule réponse possible. Elle ne partageait pas ses sentiments. Ça ne pouvait être que ça, parce qu’il l’avait bien observée quand elle était avec Evi. Lorsqu’elle tenait sa fille dans ses bras, il y avait de l’amour dans son regard. Son refus était d’autant plus douloureux. Qu’était-il censé lui dire, à présent ? Rien. Il n’y avait rien à dire. Ce qu’ils avaient partagé était terminé. La meilleure chose à faire, c’était de rentrer chez lui. Le plus tôt possible.

15

Jamais elle n'avait été aussi malheureuse.

Elle avait refusé d'épouser Rez pour des raisons qui étaient toutes excellentes, mais cette pensée ne lui apportait aucun réconfort… Par moments, Beatrix était en proie au doute. Et si elle avait commis la pire erreur de sa vie ? Avec le temps, Rez aurait peut-être fini par l'aimer…

Ce matin-là, elle avait sauté le petit déjeuner qui rassemblait toute la famille et quelques invités du mariage. Sa mère était passée la voir dans sa chambre, et elle avait prétexté une migraine. Comme la reine insistait, elle avait promis de les rejoindre plus tard. Mais le déjeuner approchait et elle était toujours au lit. Elle n'avait aucune envie de quitter sa chambre et d'arborer un sourire factice. Bien que ravie pour son frère et pour Indigo, elle était trop malheureuse pour voir des gens.

Elle avait laissé passer sa chance de construire un avenir avec l'homme de sa vie, en l'aidant à élever une petite fille adorable. Comment avait-elle pu faire une chose pareille ? Quelle importance, s'il ne l'aimait pas ? Ils s'entendaient si bien… N'était-ce pas suffisant ? Elle enfouit le visage dans un oreiller pour étouffer son cri de frustration. On frappa à la porte. Elle ne bougea pas, ne répondit pas. La porte s'ouvrit et sa sœur Gisella entra.

— Que se passe-t-il ?

— J'ai la migraine. Maman ne te l'a pas dit ?

— Si, mais personne ne le croit.

— Comment ça, personne ne le croit ?

Elle avait horriblement mal à la tête !

— Tout le monde pense qu'il s'est passé quelque chose. D'abord, Rez s'en va subitement cette nuit.

Beatrix se redressa d'un bond.

— Rez est déjà parti ?

— N'est-ce pas ce que je viens de te dire ?

— Mais pourquoi ?

— C'est ce que je voudrais savoir. Rez est parti. Et toi, tu ne veux pas sortir de ton lit. Alors, que s'est-il passé ?

Beatrix secoua la tête. Elle n'était pas prête à en parler.

— Ce n'est rien.

— Si tu penses que tu peux garder le secret, c'est trop tard. Et bien que, par principe, je refuse de croire ce que publient ce genre de sites, dans le cas présent je me demande s'ils ne sont pas dans le vrai.

— À quel propos ?

— Tu ferais mieux de lire toi-même, répondit Gisella en désignant le téléphone posé sur la table de chevet de sa sœur.

Beatrix soupira. Elle n'en avait aucune envie, mais il fallait bien qu'elle sache ce qui se passait. Elle alluma son téléphone et se connecta aux *Confidences de la Duchesse*. Se calant contre ses oreillers, elle commença sa lecture.

Vive les mariés !

Elle poussa un soupir de soulagement. Une photo de son frère et de sa belle-sœur accompagnait le post, qui ne contenait aucune remarque malveillante.

— Ce n'est pas catastrophique. C'est même un compte rendu favorable à Istvan et Indigo.

— C'est vrai. Mais regarde plus bas.

À contrecœur, Beatrix s'exécuta.

Éconduit !

Sous ce titre en lettres énormes, il y avait une photo de Rez et elle sur le balcon. Elle sentit son cœur se serrer douloureusement. Cette photo avait été prise au moment même où elle disait à Rez qu'elle ne pouvait pas l'épouser. Quelle horreur... Ce site infâme avait volé une image de l'instant le plus intime – et le plus douloureux – de sa vie pour l'exposer aux yeux de tous !

Chères admiratrices de la famille royale, j'ai une grande nouvelle pour vous. Le duc de Kaspar a fait sa demande, mais elle a été déclinée par la princesse. Oui, vous avez bien lu. La princesse a refusé de l'épouser. Pauvre duc ! Il va sans doute avoir besoin d'une épaule sur laquelle s'appuyer. Je serai la première à lui offrir la mienne.

Oh ! elle ne doutait pas un seul instant que les femmes prêtes à réconforter Rez ne manqueraient pas... Elle fut submergée par une jalousie insoutenable qui lui transperçait le cœur. Pourquoi, oh, pourquoi ne l'aimait-il pas ?

Vous vous demandez peut-être quelle raison peut avoir la princesse de refuser d'épouser le duc. Je me suis posé la même question, et je suis au grand regret de vous dire que je n'ai pas la réponse. Peut-être espère-t-elle trouver un mari plus titré. Ou peut-être ne veut-elle pas d'une famille toute faite. En tout cas, une chose est sûre : le duc est de nouveau disponible.

Beatrix secoua la tête, le cœur gros. Quel tissu d'inepties... Si les gens qui se cachaient derrière *Les Confidences de la Duchesse* étaient vraiment bien informés, ils devaient savoir que les titres n'avaient aucune importance pour elle. Même si Rez n'avait pas eu de titre du tout, elle serait tombée amoureuse de lui pour son sourire, sa prévenance et son ouverture d'esprit... Elle faillit quitter le site avant d'avoir lu la fin du post, mais elle se ravisa. Au point où elle en était, elle ne risquait pas d'être blessée davantage.

Le cœur brisé, le duc est reparti à la campagne. Nous ne le reverrons peut-être donc pas avant un bon moment. Mais restez fidèles, chères lectrices. Je vous informerai dès qu'il fera une nouvelle apparition. À suivre…

— C'est odieux ! Beatrix reposa son téléphone sur la table de chevet d'un geste vif. J'aimerais vraiment savoir qui en est responsable et comment ils obtiennent leurs informations.

— Alors c'est vrai ?

— Non, répliqua-t-elle trop vite et avec trop de véhémence pour être crédible.

— Tu l'aimes ? demanda Gisella en scrutant son visage.

Beatrix soupira.

— Oui, s'entendit-elle répondre. Mais lui ne m'aime pas.

— Pourquoi te demanderait-il en mariage s'il ne t'aimait pas ?

— Parce qu'il veut une mère pour sa fille.

— Il t'a dit ça ?

— Non, mais c'est évident. Sa demande en mariage n'avait rien de romantique. Et je sais qu'un mariage durable ne peut pas se construire sur un amour non partagé.

Il y eut un silence, puis Gisella déclara :

— Il n'a peut-être pas prononcé les mots que tu attendais, mais je pense que tu te trompes sur ses sentiments envers toi.

— Moi pas.

— Tu devrais peut-être regarder de plus près cette photo de vous deux. Pour moi, il a tout d'un homme amoureux.

Sur ces mots, Gisella se leva et quitta la pièce. Beatrix reprit son téléphone. Sa sœur se trompait. Elle agrandit la photo et étudia le visage de Rez. Il semblait en effet très ému. Était-il amoureux d'elle ? Elle n'en avait aucune idée. Tout ce qu'elle savait, c'était que, sans amour, elle ne pouvait pas l'épouser.

Il ne s'était pas couché du tout.

Pendant la plus grande partie de la nuit, Rez avait fait les cent pas dans sa maison plongée dans l'obscurité, tandis que dehors l'orage se déchaînait. Des éclairs zébraient sans relâche le ciel noir et le tonnerre faisait trembler les vitres. C'était comme si la nature s'était mise au diapason de ce qu'il ressentait. Comment les choses avaient-elles pu aussi mal tourner ? Il avait beau être de retour chez lui, il ne parvenait pas à trouver l'apaisement. Une foule de questions l'avaient tourmenté toute la nuit et, à présent qu'il faisait jour, il était toujours aussi fébrile. C'était peut-être la fatigue qui lui faisait voir tout en noir. Le seul moment où il avait dormi, c'était quand il avait bercé Evi après lui avoir donné le biberon qu'elle réclamait. Il s'était assoupi dans le rocking-chair pendant deux heures.

Son téléphone se mit à vibrer. Il l'ignora. Il ne voulait parler à personne. Quand il sonna quelques instants plus tard, il l'ignora également. Il reçut ensuite un message qui s'afficha en même temps sur sa montre. Il le consulta. C'était Istvan.

Réponds au téléphone. Sinon je prends la voiture et je viens chez toi.

Rez réprima un grognement. Il connaissait suffisamment son ami pour savoir que ce n'était pas une menace en l'air.

Quand son téléphone sonna de nouveau, il répondit sans prendre la peine d'être aimable.

— Quoi ?

— Comment vas-tu ?

— À ton avis ? rétorqua-t-il d'un ton sarcastique.

— Je suppose que tu as vu la photo sur Internet ?

— Non.

C'était sûrement la photo prise sur le balcon la veille au soir. Il n'avait aucune envie de la voir. Il était déjà assez malheureux comme ça.

— Tu veux que je vienne chez toi pour que nous puissions discuter ?

— Non. Tu n'es pas censé être en voyage de noces ?

— Nous ne partons que dans quelques jours. Indigo veut attendre que sa mère se familiarise avec sa nouvelle maison à Rydiania. Alors, tu as fait ta demande ?

Rez roula les yeux. Il n'avait aucune envie d'avoir cette conversation !

— Oui.

— Et elle a refusé ?

— Visiblement.

— Quelle erreur as-tu commise ?

— Qu'est-ce qui te fait penser que j'ai commis une erreur ?

— C'est une évidence. Si tu t'y étais bien pris, tu ne serais pas d'une humeur aussi massacrante et ma sœur ne serait pas cloîtrée dans sa chambre depuis ce matin.

— Cloîtrée ?

— Je ne mentirais pas au sujet de ma sœur. Explique-moi ce que tu as fait exactement.

— Je l'ai juste demandée en mariage. Et elle m'a repoussé.

— Tu avais une bague ?

— Euh… non. Je n'avais pas eu le temps de m'en procurer une.

— C'était donc un coup de tête.

— Oui… euh… non.

— Tu as mis un genou à terre ?

— C'est indispensable ?

— Bien sûr. Les femmes sont sentimentales. Lui as-tu dit que tu l'aimais ?

Rez resta silencieux.

— Tu l'aimes, n'est-ce pas ?

Aimait-il Bea ? La réponse s'imposa à lui comme une évidence. Oui. Il avait trouvé des tas de bonnes raisons de la demander en mariage, mais la principale, c'était qu'il l'aimait. Il avait un peu peur de le reconnaître, mais Istvan ne le laisserait pas tranquille tant qu'il ne lui aurait pas répondu. Il prit une profonde inspiration.

— Oui, je l'aime.

— Tu le lui as dit ?

— Non.

Mieux valait éviter de préciser qu'il venait seulement d'en prendre conscience, décida Rez.

— Laisse-moi te confier un secret. L'amour exige de prendre des risques, mais il en vaut la peine. Ma sœur t'aime. Je pense qu'elle t'aime depuis toujours.

— Tu veux dire depuis l'époque où tu me promettais de me flanquer une raclée si je regardais dans sa direction ?

— C'était une enfant. Aujourd'hui, vous êtes tous les deux adultes. Et je pense que tu l'aimes aussi. Sinon, je ne crois pas que tu aurais accepté de feindre une relation avec elle. Ni que tu l'aurais rejointe toutes les nuits en catimini dans sa chambre. Surtout au palais.

— Tu étais au courant ?

— Oui. Tu as de la chance que mon père ne t'ait jamais surpris.

Rez réprima une moue de dérision. Oui, c'était une chance. Si le roi s'était aperçu de quelque chose, Bea et lui seraient déjà mariés… Ou bien on l'aurait jeté au fond des anciens cachots, sous le palais.

— Il faut que tu répares ton erreur avec Beatrix.

Istvan avait raison. Bea et lui avaient encore beaucoup à se dire. Allait-elle lui accorder une seconde chance ? Il ne connaissait pas la réponse à cette question. Mais il savait que s'il ne prenait pas le risque de la découvrir, il le regretterait toute sa vie. D'ailleurs, il avait un plan.

— Je vais avoir besoin de ton aide.

16

Elle était de plus en plus malheureuse.

Beatrix n'arrivait pas à croire que son frère et sa belle-sœur aient insisté pour qu'elle dîne en ville avec eux et le reste de la famille. Elle n'avait aucune envie de se montrer en public. Les gens allaient la pointer du doigt et raconter n'importe quoi. Ils ignoraient tout de ce qu'il y avait réellement entre Rez et elle. Elle passa la plus grande partie de la journée dans sa chambre, jusqu'au moment où la reine vint la voir pour lui annoncer qu'elle était attendue à ce dîner. Quand la reine présentait les choses de cette manière, il était inutile de discuter.

Au prix d'un immense effort, Beatrix se rendit dans la salle de bains pour prendre une douche. Puis elle enfila une robe bleu marine au décolleté plongeant, dont la jupe ondulait en plis souples autour de ses jambes. Sa dame d'honneur vint lui faire un chignon dont seules quelques mèches s'échappaient, lui caressant le cou. Des dormeuses de diamant et un pendentif en saphir complétaient sa tenue. Elle se maquilla avec soin après avoir mis des gouttes dans ses yeux, trop rouges d'avoir pleuré. Quand elle eut terminé, elle était presque redevenue elle-même. En apparence.

Lorsqu'elle descendit dans le hall pour retrouver les

autres avant de partir au restaurant, il n'y avait personne. Où étaient-ils tous passés ? Était-elle en retard ? Elle vérifia l'heure. Elle avait six minutes de retard. Ils ne l'avaient pas attendue ? Il était très tentant de remonter dans sa chambre et d'oublier ce dîner, mais elle ne voulait pas décevoir son frère. Après tout, il célébrait toujours son mariage. Elle sortit sur le perron et vit qu'une voiture l'attendait. Le trajet fut bref, car la ville s'étendait juste derrière le parc du palais. La voiture s'arrêta devant le restaurant et le chauffeur en descendit pour lui ouvrir la portière. Le maître d'hôtel l'accueillit à l'entrée de l'établissement et la conduisit dans la salle. Mais, à sa grande surprise, celle-ci était vide. Pas un seul membre de sa famille n'était là. Que se passait-il ?

La chanson *That's Amore* était jouée en sourdine et les bougies allumées sur chacune des nombreuses tables faisaient danser des ombres sur les murs. Le regard de Beatrix fut attiré par la grande table dressée au centre de la salle. Un grand vase de cristal garni de douzaines de roses rouges était posé sur la nappe blanche. Aurait-elle mal compris ce qu'on lui avait dit ? Était-ce un dîner en tête à tête pour Istvan et Indigo qui était prévu ici ? Était-elle censée dîner ailleurs avec le reste de la famille ? Elle s'apprêtait à rebrousser chemin quand un mouvement retint son attention. Rez apparut comme par magie, et elle crut que son cœur allait bondir hors de sa poitrine. Avec son costume sombre et sa cravate, il était... incroyablement sexy.

— Rez, que se passe-t-il ? Où sont les autres ?

— Tous les invités sont là.

Elle regarda autour d'elle.

— Mais... il n'y a que toi et moi.

— C'est exact, acquiesça-t-il en s'approchant. Ton frère m'a aidé à te faire venir ici afin que je puisse m'expliquer.

Elle se raidit. Son frère et sa mère avaient conspiré pour l'attirer à un rendez-vous avec Rez ? Elle n'était pas certaine d'apprécier...

— Je ne vois pas ce que nous avons à nous dire.

— Des tas de choses.

Il se rapprocha encore.

— Tout d'abord, je te présente mes excuses pour avoir été aussi maladroit hier soir. J'ai agi sans réfléchir.

Que cherchait-il à lui dire ? Pourquoi toutes ces bougies et toutes ces roses ? Elle se rappela la photo publiée par *Les Confidences de la Duchesse*. Sa sœur l'aurait-elle bien interprétée ? Rez l'aimait-il ?

— Et maintenant, tu as réfléchi ? demanda-t-elle d'une voix mal assurée.

Il hocha la tête.

— Bea, sans toi, je serais toujours cloîtré dans ma propriété. Je serais toujours en train de me punir pour l'accident. Tu m'as aidé à comprendre que je ne pouvais pas continuer à me sentir responsable. C'était injuste pour moi et pour Evi. J'ai envie de commencer une nouvelle vie et je voudrais que ce soit avec toi.

— Je suis heureuse que tu aies pris cette décision, mais je ne sais pas si je dois faire partie de cette nouvelle vie.

— Bien sûr que si. Nous nous connaissons depuis toujours. Nous avons des souvenirs merveilleux ensemble. Et j'aimerais beaucoup pouvoir en fabriquer d'autres avec toi.

Il fit une pause avant de poursuivre.

— Jusqu'à aujourd'hui, j'ai eu peur de reconnaître mes sentiments. Après l'accident, je m'étais juré de ne plus jamais m'attacher à quelqu'un pour ne pas risquer de subir de nouveau une perte déchirante.

— Et tu as changé d'avis ?

— Oui.

Il plongea le regard dans le sien.

— Parce que j'ai pris conscience qu'il est impossible de nier l'amour, même si on a peur des risques qu'il implique.

Était-il en train de dire qu'il l'aimait ? Beatrix retint son souffle.

— Je ne veux pas manquer cette chance d'être heureux avec toi et Evi. Je ne veux pas passer le reste de ma vie à me demander ce qui aurait pu se passer si j'avais accepté de prendre des risques. Ce que j'essaie de te dire, c'est que je t'aime, Beatrix. J'ignore depuis quand. Je sais juste qu'en feignant d'être ton petit ami, j'ai eu une révélation. J'avais en face de moi la femme avec qui je veux partager ma vie.

Des larmes de joie brouillèrent la vue de Beatrix puis roulèrent sur ses joues.

— Je t'aime, Rez.

Il la prit dans ses bras et l'embrassa. Nouant les bras autour de son cou, elle lui répondit avec ferveur. Un instant plus tard, il interrompit leur baiser pour sortir de sa poche un petit écrin de velours noir. Au comble de l'émotion, elle sentit sa gorge se nouer. Cette fois il avait vraiment réfléchi, en effet. Il était sérieux et il parlait d'un engagement durable. Malgré son envie de savourer pleinement ce moment en oubliant tout le reste, Bea fut assaillie par une crainte familière. Ce n'était pas parce qu'ils s'aimaient que tous les problèmes étaient résolus. Elle avait beau être une princesse, elle ne croyait pas aux contes de fées. Elle le regarda dans les yeux.

— Es-tu prêt à accepter que je ne pourrai jamais avoir d'enfants ?

— Oui. Avec Evi, nous formerons une famille fantastique qui suffira à me combler.

— Aujourd'hui peut-être, mais plus tard ? Tu as la fibre

paternelle, Rez. Et si tu voulais un autre enfant quand Evi sera plus grande ? Tu finiras par m'en vouloir de ne pas pouvoir exaucer ce souhait.

Il lui prit les mains.

— Si notre famille devait s'agrandir, ce serait une décision que nous prendrions ensemble. Et dans ce cas, nous aurions recours à l'adoption.

— Mais les listes d'attente sont longues et les démarches n'aboutissent pas toujours. Je ne veux pas t'imposer ça.

— Tu ne m'imposerais rien du tout. Si nous faisons un jour ce choix, nous accomplirons tout le parcours ensemble, en nous soutenant mutuellement.

— Comment peux-tu être certain que tu n'auras pas de regrets ?

— Je t'aime et je veux tout partager avec toi. Les bons moments comme les difficiles. Tant que je vous aurai auprès de moi, Evi et toi, je serai heureux.

De toute évidence, il était sûr de lui. Elle aussi.

— D'accord.

Avec un sourire radieux, Rez mit un genou à terre et ouvrit l'écrin.

— Princesse Beatrix, je t'aime et je serais honoré si tu acceptais de devenir ma femme. Veux-tu m'épouser ?

De nouvelles larmes de bonheur ruisselèrent sur les joues de Beatrix.

— Oui.

Il sortit la bague de son écrin et elle tendit une main légèrement tremblante. Jamais elle n'avait vécu un moment aussi exaltant. La bague glissa sur son doigt, comme si elle avait été faite sur mesure. Étreinte par une émotion indicible, elle contempla le diamant ovale monté sur un anneau de platine incrusté de minuscules diamants.

— Elle est magnifique. Je t'aime, Rez.

— Je t'aime aussi.

Ils échangèrent un long baiser fervent, puis elle demanda avec un sourire malicieux :

— À ton avis, combien de temps avant que nos fiançailles soient annoncées par *Les Confidences de la Duchesse* ?

— Le plus vite possible j'espère ! Je veux que le monde entier sache à quel point je t'aime.

— Le monde entier ?

— Oui. Je peux aller le crier du sommet de la montagne, si tu veux.

— J'ai autre chose en tête pour l'instant.

Se hissant sur la pointe des pieds, elle captura sa bouche.

Épilogue

Quatre ans plus tard…

La vie était pleine de surprises.

Beatrix n'aurait jamais pu imaginer un tel bonheur. Par-dessus son épaule, elle jeta un coup d'œil à son mari, debout devant la fenêtre de leur propriété. Il avait pris une semaine et demie de congé pour passer du temps en famille. Depuis qu'il avait repris son travail au cabinet d'avocats, il prenait soin de ne pas avoir des journées de travail trop longues. De son côté, elle avait réduit le nombre de projets qu'elle parrainait parce qu'elle voulait être présente quand Evi rentrait de l'école.

Sur l'insistance de Rez, ils avaient entièrement rénové la maison. Elle comptait de nombreuses chambres, ce qui tombait bien parce que leurs familles venaient souvent les voir. Tout le monde avait envie de passer du temps avec leur adorable petite fille de cinq ans. Beatrix, qui avait adopté Evi officiellement, l'aidait à cultiver le souvenir de sa mère en lui montrant régulièrement des photos et des vidéos.

Et désormais, leurs familles avaient une raison supplémentaire de leur rendre visite. Le petit frère d'Evi, Alexander. Beatrix n'avait jamais cru aux miracles, mais à présent elle y croyait. Alors qu'ils étaient inscrits sur une liste d'attente en vue d'adopter un enfant, elle était retournée voir son médecin. Il lui avait confirmé que, pour elle, une grossesse était exclue. Elle lui avait alors demandé si le recours à une mère porteuse était envisageable. Des examens ayant révélé qu'elle n'avait pas beaucoup d'ovocytes, elle avait insisté pour suivre un traitement hormonal, malgré les réticences de Rez, inquiet pour elle. La première ponction n'ayant pas permis d'aboutir à la fécondation d'un ovocyte, elle avait décidé de faire une nouvelle tentative, contre l'avis de Rez et du médecin. Cette fois, la fécondation avait eu lieu et, grâce à une mère porteuse, Alexander était né neuf mois plus tard.

Assise sur le canapé, Beatrix contemplait son fils de dix jours qui dormait dans ses bras, quand elle sentit la main de Rez sur son épaule. Elle tourna la tête pour déposer un baiser sur celle-ci.

— Notre bébé miracle est un gros dormeur.

— Comme son père.

— C'est un mini toi, confirma-t-elle en caressant les cheveux bruns de son fils.

— Je ne sais pas. Je trouve qu'il a ton nez et tes yeux.

— Vraiment ?

Pour sa part, elle n'en était pas certaine, mais peu importait à qui Alexander ressemblait. Il la menait déjà par le bout du nez.

— Je peux le prendre ? demanda Evi qui venait d'arriver en courant.

Elle s'immobilisa à côté de Beatrix.

— S'il te plaît.

Beatrix lança un regard interrogateur à Rez. Il hocha la tête.

— Oui, mais il faut t'asseoir à côté de ta mère.

Les yeux brillants, Evi s'installa aussitôt sur le canapé et tendit les bras. Beatrix se tourna vers elle.

— Il faut bien le tenir et faire très attention à sa tête. Elle a besoin d'être soutenue.

— D'accord.

— Il est tout petit et très fragile, insista Beatrix en déposant Alexander dans les bras de sa grande sœur.

Evi regardait son frère avec de grands yeux, en prenant soin de ne pas bouger. Apparemment, elle osait à peine respirer, songea Beatrix, attendrie.

— Tu t'en sors très bien, Evi.

— Pouvons-nous nous joindre à vous ?

Beatrix se retourna vers ses parents, qui venaient d'arriver.

— Mamie !

Le cri joyeux d'Evi réveilla son frère. Rez prit ce dernier dans ses bras et le berça en murmurant :

— Tout va bien, mon vieux. Tu t'habitueras à l'exubérance de ta sœur, tu verras.

Beatrix sourit en voyant Evi se jeter dans les bras de la reine. Depuis qu'elle était grand-mère, sa mère s'était métamorphosée. Jamais elle n'aurait imaginé que ses parents, plutôt stricts et sérieux, deviendraient des grands-parents gâteaux. Un instant plus tard, alors qu'Evi expliquait à son grand-père qu'elle avait une nouvelle cabane perchée dans un arbre, la reine s'approcha d'Alexander. Rez le posa dans ses bras et son visage s'illumina. Beatrix se laissa aller contre son mari et posa la tête sur son épaule.

— Je suis plus heureuse chaque jour. C'est magique.

— Moi aussi. C'est la magie de l'amour, ma princesse.

Vous avez aimé ce roman ?
Retrouvez en numérique les « Princesses de Rydiania » :
1. *Souvenir d'une princesse*
2. *Le retour d'un duc*
Et découvrez la fin de votre série dès le mois prochain dans votre collection Azur !